CATALOGUE

DES

LIVRES SUR LES BEAUX-ARTS

PROVENANT EN PARTIE

DU

CABINET DE FEU M. ÉMILE GALICHON

ANCIEN DIRECTEUR DE LA GAZETTE DES BEAUX-ARTS.

DONT LA VENTE AURA LIEU

*Le jeudi 13 mai 1875, et les deux jours suivants
à 7 heures et demie du soir*

Rue des Bons-Enfants, 28 (maison Silvestre)
Salle n° 1.

Par le ministère de Me DELBERGUE-CORMONT, commissaire-priseur
Rue de Provence, 8.

Mélanges sur les arts. — Peinture, Vies des
peintres, Musées, Salons de peintures, Catalogues
de tableaux. — Gravures, Généralités, Catalogues
de collections de gravures. — Architecture, Sculpture. — Céramique. — Livres à figures. — Belleslettres. — Histoire. — Archéologie. — Numismatique. — Sciences occultes. — Bibliographie.

PARIS

ADOLPHE LABITTE

LIBRAIRE DE LA BIBLIOTHÈQUE NATIONALE

4, rue de Lille, 4

—

1875

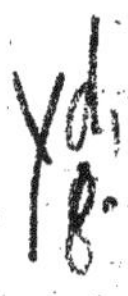

CATALOGUE

LIVRES SUR LES BEAUX-ARTS

COMPOSANT UNE PARTIE

DU CABINET DE FEU M. ÉMILE GALICHON

ORDRE DES VACATIONS.

—

Première vacation. — *Jeudi* 13 *mai* 1875.

Nᵒˢ 1 à 154

Deuxième vacation. — *Vendredi* 14 *mai.*

155 à 307

Troisième vacation. — *Samedi* 15 *mai.*

308 à 461

CONDITIONS DE LA VENTE.

La vente se fera au comptant, 5 % en sus des enchères.

Il y aura, chaque jour de vente, de deux heures à quatre, exposition des livres composant la vacation du soir.

Les réclamations devront être faites, au plus tard, dans les vingt-quatre heures qui suivront la vacation. Passé ce délai, les articles adjugés ne seront repris pour aucune cause.

Le libraire chargé de la vente remplira les commissions des personnes qui ne pourraient y assister.

Paris. — Typographie de Georges Chamerot, rue des Saints-Pères, 19.

CATALOGUE

DES

LIVRES SUR LES BEAUX-ARTS

PROVENANT EN PARTIE

DU

CABINET DE FEU M. ÉMILE GALICHON

ANCIEN DIRECTEUR DE LA GAZETTE DES BEAUX-ARTS.

DONT LA VENTE AURA LIEU

Le jeudi 13 mai 1875, et les deux jours suivants
à 7 heures et demie du soir

Rue des Bons-Enfants, 28 (maison Silvestre)

Salle n° 1.

Par le ministère de M° DELBERGUE-CORMONT, commissaire-priseur
Rue de Provence, 8.

Mélanges sur les arts. — Peinture, Vies des
peintres, Musées, Salons de peintures, Catalogues
de tableaux. — Gravures, Généralités, Catalogues
de collections de gravures. — Architecture, Sculpture. — Céramique. — Livres à figures. — Belles-
lettres. — Histoire. — Archéologie. — Numismatique. — Sciences occultes. — Bibliographie.

PARIS

ADOLPHE LABITTE

LIBRAIRE DE LA BIBLIOTHÈQUE NATIONALE

4, rue de Lille, 4

1875

CATALOGUE

DES

LIVRES SUR LES BEAUX-ARTS

COMPOSANT UNE PARTIE

DU CABINET DE FEU M. ÉMILE GALICHON

ANCIEN DIRECTEUR DE LA GAZETTE DES BEAUX-ARTS.

BEAUX-ARTS.

INTRODUCTION. — MÉLANGES SUR LES ARTS.

1. Dictionnaire de l'Académie des beaux-arts, contenant les mots qui appartiennent à l'enseignement, à la pratique, à l'histoire des beaux-arts, etc. *Paris, F. Didot,* 1858-68, 2 vol. in-4, avec planches, br.

2. Dictionnaire des arts du dessin, la peinture, la sculpture, la gravure et l'architecture, par M. Boutard. *Paris, le Normant,* 1826, in-8, demi-rel. v. bleu.

Exemplaire du roi LOUIS-PHILIPPE, avec son chiffre sur le dos de la reliure.

3. Le Cabinet de l'amateur et de l'antiquaire, revue des tableaux et des estampes, des objets d'art, d'antiquité et de curiosité (publié par M. Eug. Piot). *Paris,* 1842-1846, 4 vol. gr. in-8, figures, cart. dos de toile, n. rog. — Nouvelle série. Mars 1861 à février 1862 ; nᵒˢ 1 à 12, br.

4. The Fine Arts, quaterly review. 1863-64, 3 vol. (tomes I, II et III), gr. in-8, pap. teinté, figures et fac-simile, br.

5. Cabinet des singularitez d'architecture, de peinture, sculpture et gravure, ou Introduction à la connoissance des plus beaux arts... par Florent le Comte. *Brusselles, Lambert Marchant,* 1702, 3 vol. in-12, frontisp. différ. à chaque vol. gravés par Harrewyn et planches de monogrammes, veau fauve.

6. Le même ouvrage. *Brusselles, Lamb. Marchant,* 1702, 3 vol. in-12, mêmes figures, v. gran.

7. Bibliothèque de peinture, de sculpture et de gravure, par M. Christophe-Théophile de Murr. *Francfort et Leipzig,* 1770, 2 vol. pet. in-8, cart.

8. Essai sur la nature, le but et les moyens de l'imitation dans les beaux-arts, par M. Quatremère de Quincy. *Paris, J. Didot l'aîné,* 1823, gr. in-8, demi-rel. chagr. brun, tête dor. n. rog.

9. Essai sur l'idéal dans ses applications pratiques aux œuvres de l'imitation propre aux arts du dessin, par M. Quatremère de Quincy. *Paris, Adr. Le Clere,* 1837, gr. in-8, demi-rel. chagr. bleu, tr. sup. dor. n. rog.

10. Études sur les arts, par Gustave Planche. *Paris, Mich. Lévy,* 1855, 1 vol. — Etudes sur l'école française (1843-1852), 2 vol. — Ensemble 3 vol. in-12, cart. dos de toile, non rog.

11. Maxime du Camp. Les Beaux-Arts à l'exposition universelle de 1855. Peinture, sculpture. *Paris, Libr. nouv.,* 1855, in-8, cart. dos de toile, non rogné.

12. Comment faut-il encourager les arts? par Louis Viardot. *Paris, veuve J. Renouard,* 1861, plaq. in-12, cart. non. rog. (*Envoi d'auteur.*)

13. L'Alliance de l'art et de l'industrie dans ses rapports avec l'enseignement du dessin en Belgique,

par L. Alvin. *Bruxelles,* 1863, in-8, cart. dos de toile. non rog.

14. L'Art et l'Industrie. Influence des expositions sur l'avenir industriel. Revue des beaux-arts appliqués à l'industrie, exposition de 1865, par Ch. Eck. *Paris,* 1866, in-12, br.

15. Le Génie des peuples dans les arts, par M. le duc de Valmy. *Paris, H. Plon,* 1867, gr. in-8, broch.

16. Considérations morales sur la destination des ouvrages de l'art, ou de l'Influence de leur emploi... par M. Quatremère de Quincy. *Paris, de l'impr. de Crapelet,* 1815, in-8, cart. non rog.

17. Manuale storico dell' arte greca, pubblicato per cura di una società di amatori delle Arti belle. *Firenze, Felice Le Monnier,* 1846, in-12, cart. dos de toile, n. rog.

18. De l'Art chrétien, par A.-F. Rio. *Paris, L. Hachette,* 1861-67, 4 vol. in-8, demi-rel. chagr. bl. (*Avec une lettre autogr. sign. de l'auteur.*)

Le tome IV est broché.

19. Handbook of the arts of the Middle Age and Renaissance, as applied to the decoration of furniture, arms, jewels, etc., translated from the french of M. Jules Labarte, with notes. *London, John Murray,* 1855, gr. in-8, nombr. figures, cart. en percal. n. rog.

20. Neues Allgemeines Künstler-Lexicon, oder Nachrichten von dem Leben und den Werken der Maler, Bildhauer, Baumeister, etc., bearbeitet von Dr. G. K. Nagler. *München,* 1835 – 1852, 22 vol. in-8, demi-rel. bas.

21. Carteggio inedito d'artisti dei secoli xiv, xv, xvi, pubblicato ed illustrato con documenti pure inediti dal dott. Giov. Gaye. *Firenze, Molini,* 1839,

3 vol. in-8, avec planches contenant 84 fac-simile
d'écriture, cart.

22. Carteggio inedito d'artisti dei secoli xiv, xv, xvi,
pubblicato ed illustrato con documenti pure inediti dal dott. Giov. Gaye. *Firenze, Gius. Molini,*
1839-40, 3 vol. gr. in-8, les 2 premiers volumes
brochés et le 3ᵉ demi-rel. chagr. viol.

23. Nuova Raccolta di lettere sulla pittura, scultura ed architettura, scritte da' più celebri personaggi dei secoli xv a xix, con note ed illustrazioni
di Michelangelo Gualandi, in aggiunta a quella
data in luce da Mons. Bottari et dal Tricozzi.
Bologna, 1844-1856, 3 vol. in-16, demi-rel. mar.
r. dos orné.

24. Raccolta di lettere sulla pittura, scultura ed
architettura, scritte da' più celebri personaggi dei
secoli xv, xvi e xvi, pubblicata da M. Gio. Bottari,
e continuata fino ai nostri giorni da Stefano Ticozzi. *Milano, Giov. Silvestri,* 1822-25, 8 vol.
in-16, demi-rel. v. f.

25. Memoirs of the duke of Urbino, illustrating the
arms, arts, and literature of Italy, from 1440 to
1630, by James Dennistoun. *London, Longman,*
1851, 3 vol. gr. in-8, portraits, figures et cartes,
cart. en percal. bl. non rog.

26. Storia delle belle arti in Italia di Ferdinando
Ranalli. *Firenze, Emilio Torelli,* 1856, 2 vol.
in-12, cart. dos de toile, non rog.

27. Enciclopedia metodica critico - ragionata delle
belle arti dell' abate D. Pietro Zani. *Parma, dalla
Tipog. ducale,* 1819-1822, 28 vol. in-8. demi-rel.
basane.

28. L'Art italien, par Alfred Dumesnil. *Paris, D. Giraud,* 1854, in-12, cart. dos de toile, non rog.

29. Memorie originali italiane risguardanti le belle
arti. *Bologna, J. Marsigli,* 1840-1845, 6 vol. gr.
in-8, demi-rel. chagr. bleu.

30. Scritti d'arte di Pietro Estense Salvatico. *Firenze,
Barbera Bianchi*, 1859, in-12, cart. dos de toile,
non rog.

31. Memorie storiche delle arti e degli artisti della
Marca di Ancona del marchese Amico Ricci. *Ma-
cerata*, 1834, 2 tomes en 1 vol. in-8, demi-rel. dos
et coins de mar. v. dos orné, non rog. (*Capé.*)

32. Documenti per la storia dell' arte senese rac-
colti ed illustrati dal dott. Gaetano Milanesi. *Siena,
presso Onorato Porri*, 1854-56, 3 vol. gr. in-8,
demi-rel. chagr. viol.

33. Delle Arti e degli artifici di Mantova, notizie
raccolte ed illustrate con disegni e con documenti
da Carlo d'Arco. *Mantova, tipog. ditta Giovanni
Agazzi*, 1857, 2 vol. in-4, avec 59 planches, demi-
rel. mar. r. tr. sup. dor. n. rog.

34. Cenni storico-artistici di Siena e suoi suburbi del
maestro Ettore Romagnoli... *Siena*, 1840. — Let-
tera sull' antica celebre pittura... delle Nozze Aldo-
brandine..., da Luigi Biondi. *Roma*, 1815. — Pi-
nacothèque Barbini-Breganze, décrite par Fr. Zanotto (texte italien en regard). *Venise,* 1847; — en
1 vol. in-8, demi-rel. v. ant.

35. Liste des principaux objets de sciences et d'arts,
recueillis en Italie par les commissaires du gou-
vernement français. *Impr. à Venise, an V*; in-fol.
de 27 pages, cart. (*2 exemplaires réunis en 1 vol.
avec des notes manuscrites du temps.*)

36. Des Beaux-Arts en Italie au point de vue reli-
gieux ; lettres écrites de Rome, Naples, Pise, etc.,
et suivies d'un appendice sur l'iconographie de
l'Immaculée Conception, par Ath. Coquerel fils.
Paris, J. Cherbuliez, 1857, in-12, br.

37. Letters from Italy and Switzerland, by Felix
Mendelssohn Bartholdy, translated from the german by lady Wallace. *London,* 1862, pet. in-8,

cart. en percal. non rog. (*Lettres presque entière-
ment relatives aux beaux-arts.*)

38. Archives de l'art français. Recueil de monuments
inédits relatifs à l'histoire des arts en France, publié sous la direction de M. Anatole de Montaiglon. *Paris, Tross*, janvier 1861 à mars 1866,
5 vol. in-8, br.

39. Nouvelles Archives de l'art français. Recueil de
documents inédits publiés par la Société de l'histoire de l'art français. Années 1872 et 1873. *Paris, Baur*, 1872-73, 2 tomes en 3 vol. in-8, br.

40. Les Artistes français à l'étranger. Recherches sur
leurs travaux et sur leur influence en Europe,
précédées d'un essai sur les origines et le déve-
loppement des arts en France, par L. Dussieux.
Paris, Gide et Baudry, 1856, gr. in-8, demi-rel.
chagr. r. tr. sup. dor. non rog.

41. Beaux-Arts et voyages, par Charles Lenormant,
précédés d'une lettre de M. Guizot. *Paris, Mich.
Lévy,* 1861, 2 vol. in-8, cart. non rog.

42. Les Intérêts populaires dans l'art. La vérité sur
le Louvre, le musée Napoléon III et les artistes
industriels, par Ern. Chesneau. *Paris,* 1862. —
Les Artistes, les expositions, le jury, par Henri Le
Secq. *Paris,* 1863 ; ensemble 2 plaq. gr. in-8,
cart. non rog.

43. C. de Sault. Essais de critique d'art. Salon de
1863. Peintures murales de Saint-Germain-des-
Prés... Musée Campana. *Paris, Mich. Lévy,* 1864,
in-12, cart. non rog. — Études sur l'art contemporain. Les Écoles françaises et étrangères en
1867, par A. Bonnin. *Paris, Dentu,* 1868, in-12,
br. — La Peinture à l'exposition universelle. Étude
sur l'art contemporain, par Ferd. de Lasteyrie.
Paris, 1863, in-12, cart. non rog.

44. Réorganisation de l'École des beaux-arts. Documents officiels. *Paris, Morel,* 1864. — Réclama-

tions des élèves de l'Ecole... au sujet de la réorganisation. *Paris*, 1864. — De la Réorganisation... Réponse à la lettre de M. Ingres, par Ch. Giraud. *Paris*, 1864. — Le Décret du 13 novembre et l'Académie des beaux-arts, par M. Ern. Chesneau. *Paris*, 1864.— Réorganisation... Décret du 13 novembre 1863. De son influence sur l'étude de l'architecture, par M. A. de Baudot. *Paris*, 1864. — Ensemble 5 plaq. in-8 et gr. in-8, cart. — Rapport de M. le comte de Nieuwerkerke... sur les travaux de remaniement et d'accroissement réalisés depuis 1849 dans les musées impériaux... *Paris, Didier*, 1863, in-8, cart. dos de toile, non rog. — Ecole des beaux-arts. Examen critique du rapport... *Paris, Dentu*, 1864, br. in-8.

45. Essais sur l'organisation des arts en province, par Ph. de Chennevières. *Paris, J.-B. Dumoulin,* 1852, in-18, br. — Les Artistes normands au salon de 1865, par Alf. Darcel. *Rouen*, 1865, br. in-12.

46. Relevé général des objets d'arts commandés, depuis 1816 jusqu'en 1830, par l'administration de la ville de Paris, et indication des lieux où ils sont placés, par Joseph-Aimable Grégoire. *Paris, chez l'auteur*, 1833, in-8, demi-rel. toile. (*Plaquette intéressante et peu commune.*)

47. Lettres écrites de la Vendée à M. Anatole de Montaiglon, par Benjamin Fillon (sur les beaux-arts, l'archéologie, la céramique, la littérature, etc...) *Paris, Tross*, 1861, gr. in-8, pap. de Holl. fig. cart. dos de toile, non rog.
Tiré à 120 exemplaires.

48. Histoire des plus célèbres amateurs français et de leurs relations avec les artistes, par M. J. Dumesnil. *Paris, E. Dentu*, 1856-58, 3 vol. — Histoire des plus célèbres amateurs étrangers : espagnols, anglais, flamands, hollandais et allemands,

par le même. *Paris, veuve Renouard,* 1860, 1 vol.
— Ensemble, 4 vol. in-8, br.

49. De l'Art chrétien en Flandre, par l'abbé C. De-
haisnes, peinture. *Douai, impr. veuve Adam,*
1860, gr. in-8, avec une planche au bistre, br.

50. Les Artistes belges à l'étranger, études biogra-
phiques, historiques et critiques, par Edouard
Fétis. *Bruxelles,* 1857-1865, 2 vol. in-8, br.

51. Artisti alemanni (par Ant. Neu-Mayr). *Venezia,
Franc. Andreola,* 1819-1822, 2 vol. in-8, cart. dos
de toile. (*Tome* 1er *et* 2°, *les seuls publiés, contenant les lettres A-D ; le second volume est con-
sacré à Albert Durer.*)

52. Lecture on art, delivered before the University
of Oxford in hilary term, 1870, by John Ruskin.
Oxford, 1870, in-8, cart. en percal. non rog.

53. Sacred and legendary Art, by Mrs. Jameson.
London, Longman, 1857, 2 vol. — Legends of
the monastic Orders, as represented in the fine
arts; by Mrs Jameson. *London,* 1852, 1 vol. —
Legends of the Madonna..., by Mrs. Jameson.
London, 1857, 1 vol.; ensemble 4 vol. in-8,
nombr. figures dans le texte et hors texte, cart.
en percal. non rog.

54. Charles Blanc. Les Trésors de l'art à Manchester.
Paris, Pagnerre, 1857, in-12, cart. dos de toile,
non rog.

55. Histoire de la caricature et du grotesque dans la
littérature et dans l'art, par Thomas Wright...,
traduite, avec approbation de l'auteur, par Octave
Sachot, éditée par Amédée Pichot. *Paris,* 1867,
gr. in-8 nombr. fig. dans le texte, br.

56. Cinq brochures in-4 : Éloges, discours et notices
par M. Beulé, secrétaire de l'Académie des
beaux-arts, sur divers artistes : Horace Vernet,
Hippolyte Flandrin, Ingres et Hittorf. *Paris,*

F. Didot, 1863-1868. (*Trois de ces brochures se trouvent en plusieurs exemplaires.*)

57. Sept Volumes in-12 brochés, relatifs aux beaux-arts : considérations sur le but moral des beaux-arts, par Auguste Couder. *Paris,* 1867. — Maxime du Camp : les Beaux-Arts à l'exposition universelle et aux salons de 1863 à 1867. *Paris,* 1867. — Les Peintres français en 1867, par M. Théod. Duret. *Paris,* 1867. — Philosophie de l'architecture en Grèce, par Emile Boutmy. *Paris,* 1870. — Des Couleurs..., par le docteur Ernest Brücke. *Paris,* 1866, avec figures, etc...

58. Vingt-sept brochures in-8, modernes, relatives aux beaux-arts, à l'archéologie ; biographies d'artistes ; études sur diverses branches des beaux-arts, etc... Quatorze de ces brochures sont cartonnées.

PEINTURE.

Introduction.

59. Histoire des arts du dessin, depuis l'époque romaine jusqu'à la fin du xvi° siècle, par M. Rigollot. *Paris, Dumoulin,* 1863-64, 2 vol. in-8, et atlas petit in-4, contenant 58 pl. br.

60. Idea del tempio della pittura di Gio. Paolo Lomazzo. *In Milano, per Paolo Gottardo Pontio,* 1590, pet. in-4, portr. sur le titre, demi-rel. mouton vert.

61. La Carta del navegar pittoresco, dialogo tra un senator venetian deletante, e un professor de pitura... opera de Marco Boschini. *In Venetia, per li Baba,* 1660, petit in-4, portrait et figures, demi-rel. dos de vélin. (*Avec deux lignes signées de Charles Blanc.*)

62. Traité de la peinture, de Léonard de Vinci, précédé de la Vie de l'auteur, avec des notes, par P.-M. Gault de St-Germain. *Paris, Perlet*, 1803, in-8, portr. et figures, v. m.

Exemplaire de M. Monmerqué ; avec une note de sa main, indiquant qu'il y a joint la *lettre autographe signée* de Lucien Bonaparte, par laquelle celui-ci remercie l'éditeur de lui avoir dédié cet ouvrage. Cette lettre se trouve en effet ici.

63. De' veri Precetti della Pittura di M. Gio. Battista Armenino da Faenza, con note di Stefano Ticozzi. *Milano*, 1820, in-18, demi-rel. v. br.

64. Traité de la peinture de Cennino Cennini, mis en lumière pour la première fois par le chevalier G. Tambroni, traduit par V. Mottez. *Paris, veuve J. Renouard*, 1858, in-8, cart. dos de toile, non rog.

65. Traité de la peinture et de la sculpture, par MM. Richardson, père et fils. *Amsterdam, chez Herman Uytwerf*, 1728, 4 vol. in-8, vél.

66. Traité de peinture, suivi d'un Essai sur la sculpture, par Dandré-Bardon. *Paris, Desaint*, 1765, 2 vol. in-12, v. m.

67. L'Histoire et le secret de la peinture en cire. *Sans titre, ni lieu, ni date*, in-12, v. m.

68. Éducation de la mémoire pittoresque ; application aux arts du dessin, par M. Horace Lecoq de Boisbaudran. *Paris, Bance*, 1862, in-8, cart. non rog.

69. Les Quatre Livres d'Albert Durer.... de la proportion des parties et pourtraicts des corps humains, traduicts par Loys Meigret, Lionnois, de langue latine en françoise. *Arnhem, chez Jean Jeans*, 1613, in-fol. nombr. figures sur bois, parch.

70. Perspectomètre Gélibert. Le dessin en 25 leçons. Orthographie linéaire universelle, ou lois naturelles et fondamentales de l'enseignement du dessin mis

à la portée de tous, par Paul Gélibert. *Paris*, 1868, in-4, avec 32 planches, br.

71. Notice historique et bibliographique sur Jean Pélerin, chanoine de Toul, et sur son livre *De artificiali perspectiva*, par M. Anatole de Montaiglon. *Paris, Tross,* in-fol. de 20 pages, et 2 pages de fac-simile, demi-rel. mar. r. dos orné. (*Tiré à petit nombre.*)

72. Livre de perspective de Jehan Cousin. *Paris, Jehan le Royer*, 1560, in-fol. avec planches, cart.

73. De la Lumière et de la couleur chez les grands maîtres anciens, démontré et développé par J.-D. Régnier. *Paris, veuve J. Renouard,* 1865, in-8, fig. dans le texte, br.

74. De la Statuaire et de la Peinture, traités de Léon-Battista Alberti... traduits du latin en français par Claudius Popelin. *Paris*, 1869, in-8, pap. vergé, br. (*Tiré à petit nombre.*)

75. L'Émail des peintres, par Claudius Popelin. *Paris*, 1866, in-8, papier vergé fin, cart. non rogné. (*Tiré à petit nombre.*)

— Le même, in-8, même papier, cart. non rog.

76. The Art of illuminating as practised in Europe, from the earliest times, illustrated by borders, initial letters and alphabets selected and chromo-lithographed by W. R. Gymms, with an essay and instructions by M. Digby Wyatt. *London*, 1860, in-4, orné de 99 belles planches en chromo-lithog. or et couleurs, plus le titre orné de même, cart. en percal. historiée, tr. dor.

77. Recueil de lettres initiales ornées de diverses époques, montées et réunies par ordre alphabétique; en 1 vol. in-fol. v. m.

Ce recueil factice contient environ 700 lettres ornées de diverses dimensions, et un ancien dessin à la plume, de Jean Luyken.

78. De la Conservation et de la restauration des tableaux. Eléments de l'art du restaurateur;

Historique de la partie mécanique de la peinture...
Recherches et notices sur quelques grands
maîtres, par Horsin-Déon. *Paris, H. Bossange,*
1851, in-12, cart. dos de toile, non rog.

79. Manuale ragionato per la parte mecanica
dell'arte del ristauratore dei dipinti del conte
Secco-Suardo. *Milano, P. Agnelli,* 1866, in-12,
avec 4 planches, br.

Histoire des Écoles de peinture ; Vies des peintres.

80. Le Vite de' più eccellenti pittori, scultori et
architettori scritte e di nuovo ampliate da
M. Giorgio Vasari. *In Fiorenza, appresso i
Giunti,* 1568, 3 vol. in-4, nombr. portr. gr.
sur bois, vél. (*Piqûres d'humidité.*)

81. Le Vite de' più eccellenti pittori, scultori et
architetti, di Giorgio Vasari. *Firenze, Felice le
Monnier,* 1846-1857 ; 13 vol. in-12, avec portraits.
— Memorie dei più insigni pittori, scultori ed
architetti domenicani, del P. Vincenzo Marchese.
Firenze, 1854, 2 vol. in-12 ; ensemble 15 vol.
demi-rel. chagr. violet, dos orné.

82. Vies des peintres, sulpteurs et architectes, par
Giorgio Vasari, traduites par Léopold Leclanché,
et commentées par Jeanron et Léop. Leclanché.
Paris, Just Tessier, 1841-42, 10 vol. in-8, avec
portraits, demi-rel. chagr. brun, tête dor. non
rog.

83. Le Vite de'pittori, scultori et architetti moderni,
scritte da Gio. Pietro Bellori... *In Roma,* 1672,
in-4, frontisp. gr. et portraits bien gravés, parch.
blanc.

Volume dédié à J.-B. Colbert. Le frontispice représente la Gloire couronnant l'écusson qui contient ses armoiries.

84. Vite de'pittori, scultori ed architetti moderni,
scritte da Lione Pascoli. *In Roma, per Ant. de*

Rossi, 1730. — Vite de'pittori, scultori ed architetti perugini,... dal medesimo. *In Roma, Ant. de'
Rossi*, 1732; ensemble 2 vol. in-4, parch.

85. Vite de'pittori, scultori ed architetti moderni,
scritte da Lione Pascoli. *In Roma, Ant. de' Rossi*,
1736, in-4, parch.

86. Le Vite de'pittori, architetti, ed intagliatori, del
1572 nel 1642, scritte da Gio. Baglione; con la
Vita di Salvator Rosa... scritta da Gio. Batista
Passari. *In Napoli*, 1733, in-4, parch.

87. Dizionario dei pittori dal rinnovamento delle
belle arti fino al 1800, di Stefano Ticozzi. *Milano,
Vinc. Ferrario*, 1818, 2 vol. in-8, avec fig. de
monogr. cart. dos de toile, non rog.

88. Le Vite de' pittori, de gli scultori ed architetti
Veronesi, raccolte... con la narrativa delle pitture
e sculture che s'attrovano nelle chiese... del
signor Fr. Bartolomeo co. dal Pozzo. *In Verona*,
1718. — Aggiunta alle Vite de' pittori, etc... *In
Verona*, 1718; en 1 vol. in-4, demi-rel. non rog.
(*Avec notes manuscrites sur les marges.*)

89. Notizie istoriche de'pittori, scultori ed architetti Cremonesi... di G. B. Zaist. *In Cremona*,
1774, 2 tomes. — Discorso di Alessandro Lamo...
1774; en 1 vol. in-4, portr. et figure, demi-rel.

90. Entretiens sur les vies et sur les ouvrages des
plus excellens peintres anciens et modernes, par
M. Félibien; édition augmentée des conférences
de l'Académie royale de peinture et de sculpture.
Londres, David Mortier, 1705, 4 vol. in 12, frontisp. gr. v. gran.

91. Abrégé de la vie des peintres, avec des réflexions
sur leurs ouvrages... par M. de Piles. *Paris,
J. Estienne*, 1715, in-12, frontisp. gr. v. m.

92. Éméric-David (T.-B.). Vies des artistes anciens
et modernes. — Histoire de la sculpture antique.
— Histoire de la sculpture française. — Notices

historiques sur les chefs-d'œuvre de la peinture moderne. — Le tout mis en ordre et publié par M. Paul Lacroix (bibliophile Jacob). *Paris, Charpentier*, 1853-1854, 4 vol. in-12, demi-rel. mar. violet, tête dor. non rog.

93. A general Dictionary of painters : containing memoirs of the lives and works of the most eminent professors of the art of painting from its revival by Cimabue, in the year 1250, by Matthew Pilkinton. A new edition revised and corrected... *London*, 1824, 2 vol. in-8, cart. non rog.

94. A CATALOGUE raisonné of the works of the most eminent dutch, flemish and french Painters; in which is included a short biographical notice of the artists, with a copious description of their principal pictures... by John Smith. *London, Smith and son*, 1829-1837. — Supplément. *London*, 1842. — Ensemble 8 vol. gr. in-8, cart. non rog.

95. Histoire de la peinture en Italie, depuis la renaissance des beaux-arts jusque vers la fin du XVIIIᵉ siècle, par l'abbé Lanzi, traduite de l'italien sur la 3ᵉ édition, par Mᵐᵉ Armande Dieudé. *Paris, H. Seguin*, 1824, — 5 vol. in-8, demi-rel. chagr. violet, tr. sup. dor. non rog.

96. STORIA DELLA PITTURA ITALIANA esposta coi monumenti da Giovanni Rosini. *Pisa, presso Nic. Capurro*, 1839-1847, 7 vol. gr. in-8, nombr. figures, demi-rel. mar. r. tête dor. non rog.

Bel exemplaire.

97. A new History of painting in Italy, from the second to the sixteenth century... by J. A. Crowe et G. B. Cavalcaselle. *London, John Murray*, 1864-66, 3 vol. gr. in-8, nombr. planches gravées, cart. en percal. v. non rog.

98. Histoire de la peinture en Italie, par M. de Stendhal. (H. Beyle). *Paris, Levavasseur,* 1831, 2 vol. in-8, demi-rel. v. ant.

99. Notizie dei professori del disegno da Cimabue in quà (dal 1260 sino al 1670), opera di Filippo Baldinucci, con annotazione e supplementi, per cura di F. Ranalli. *Firenze, V: Batelli,* 1845-47, 5 vol. gr. in-8, cart. dos de toile, non rog.

100. Abecedario pittorico del Pellegrino Antonio Orlandi... contenente le notizie de'professori di pittura, scoltura ed architettura... edizione accresciuta da Pietro Guarienti. *In Venezia, Giambatt. Pasquali,* 1753, in-4, planches de monogr. v. f. fil.

101. The italian School of design : being a series of fac-simile of original drawings, by the most eminent painters and sculptors of Italy; with biographical notices of the artists and observations on their works, by William Young Ottley. *London, published by Taylor and Hessey,* 1823, gr. in-fol., orné de belles planches tirées en bistre et à la sanguine, cart. non rog.

102. The Schools of painting in Italy, translated, from the german of Kugler, by a lady; edited, with notes, by sir Charles L. Eastlake. *London, John Murray,* 1851, 2 vol. in-8, nombr. figures au trait, cart. en percal. non rog.

103. Catalogo istorico de' pittori e scultori Ferraresi e delle opere loro, con in fine una nota esatta delle più celebri pitture delle chiese di Ferrara (da Cesare Cittadella il custode). *In Ferrara, per Francesco Pomatelli,* 1782-83, 4 tomes en 2 vol. in-8, titres gravés, nombr. portraits, demi-rel. dos et coins de mar. violet, tr. sup. dor. non rog. .

104. Vitte de' pittori e scultori Ferraresi, scritte dall' archiprete Girolamo Baruffaldi. *Ferrara,* 1844-46,

2 vol. in-8 avec portraits, cart. dos de toile non
rog.

105. Raccolta de' pittori, scultori et architetti Mo-
donesi più celebri, per Lodov. Vedriani da Modona. *In Modona*, 1662, pet. in-4, demi-rel.

106. Le Pitture e sculture di Modena, indicate e
descritte dal dottore Gian Filiberto Pagani. *In
Modena*, 1770, petit in-8, demi-rel. dos et coins
de mar. vert, tr. supér. dor.

107. Le Maraviglie dell' arte, overo le Vite de gl' il-
lustri pittori veneti, e dello stato... descritte dal
cavalier Carlo Ridolfi. *In Venetia, Gio. Batt. Sga-
va*, 1648, 2 vol. in-4, frontisp. gravés et portraits,
demi-rel. mar. r. tr. supér. dor. non rog.

108. Della Pittura veneziana, trattato in cui osser-
vasi l'ordine del Busching e si conserva la dot-
trina e le definizioni del Zanetti; coll' aggiunta
della descrizione de' musaici della Chiesa di
S. Marco... *Venezia*, 1797, 2 vol. pet. in-8, fron-
tispices gravés, br.

109. Felsina pittrice. Vite de' pittori Bolognesi... dal
co. Carlo Cesare Malvasia. *In Bologna*, 1678 et
1669, 3 vol. pet. in-4, avec portraits et fig. v. m.

110. Vite dei pittori ed artefici Bolognesi, scritte
dal marchese Antonio Bolognini Amorini. *Bologna*, 1841, 2 vol. gr. in-8, avec quelques portr.,
demi-rel. bas. orn. ébarbés.

111. Vite de' pittori, scultori ed architetti Genovesi
di Raffaello Soprani... accresciute ed arricchite
di note da Carlo Giuseppe Ratti. *In Genova*, 1768-
69, 2 vol. in-4, avec 2 beaux frontisp. grav.,
portraits, demi-rel. dos de vél.

112. Notizie istoriche de' pittori, scultori ed architetti Cremonesi, opera postuma di Giambattista
Zaist..... data in luce da Anton Maria Panni. *In
Cremona, Pietro Ricchini*, 1774, 2 tomes. — Discorso di Alessandro Lamo, intorno alla scoltura

e pittura... *In Cremona*, 1774, — le tout en 1 vol. in-4, portrait et figure. cart.

113. Vite de' pittori, scultori e architetti Bergamaschi, scritte dal conte cavalier Francesco Maria Tassi, opera postuma. *In Bergamo, dalla stamp. Locatelli*, 1797, 2 vol. in-4, portrait, cart.

114. Le Pitture e sculture di Brescia che sono esposte al publico... *In Brescia*, 1760, in-8, figure, br.

115. Memorie de' pittori Messinesi e degli esteri che in Messina fiorirono dal secolo XII sino al secolo XIX. *In Messina, Gius. Pappalardo*, 1821, pet. in-4, avec portraits, cart. non rog.

116. Vie de fra Angelico de Fiesole... par E. Cartier, *Paris, veuve Poussielgue-Rusand*, 1857, in-8, cart. dos de toile, non rog.

117. Sulla Cappellina degli Scrovegni nell' arena di Padova e su i freschi di Giotto in essa dipinti, osservazioni di Pietro Estense Selvatico. *Padova*, 1836, in-8, avec 20 planches au trait, cart. dos de toile, non rog.

118. Giotto and his works in Padua : being an explanatory notice of the series of woodcuts executed for the Arundel Society after the Frescoes in the Arena Chapel; by John Ruskin. (*London*), *printed for the Arundel Society*, 1854, gr. in-8, pap. vél. fort teinté, demi-rel. chagr. r.

119. Bernardino Luini, par M. Georges Lafenestre. *Paris, impr. J. Claye*, 1870, in-4 de 27 pages, avec figures, br. (Extrait de la *Gazette des beaux-arts.*)

120. The Brancacci Chapel and Masolino, Masaccio and Filippino Lippi, by A. H. Layard. (*London*), *printed for the Arundel Society*, 1868, in-4, avec planches, 67 pages, br.

121. Di Bernardino Pinturicchio, pittore perugino de' secoli XV, XVI. Memorie raccolte e publicate

da Gio. Battista Vermiglioli. *Perugia*, 1837, pet. in-4, portrait, demi-rel. non rog.

122. The Life of Michael Angelo Buonarroti, with translations of his poems and letters; also, memoirs of Savonarola, Raphael and Vittoria Colonna, by John S. Harford. *London, Longman*, 1857, 2 vol. in-8, portrait, figures et fac-simile, cart. en percal. non rog.

123. Leben Michelangelo's, von Hermann Grimm. *Hannover, Carl Rümpler*, 1860-63, 2 vol. in-8, br.

124. Orazione funebre di M. Benedetto Varchi... nell' esequie di Michelagnolo Buonarroti. *In Firenze, Giunti*, 1564, pet. in-4, demi-rel. (*Rare.*)

125. Recherches sur l'authenticité d'un livre de croquis attribué par Wicar à Michel-Ange Buonarrotti ; par M. Benvignat. *Lille*, 1866, br., in-8 de 15 pages, plus 4 pl. de fac-simile.

126. Eighty-four etched fac-similes, on a reduced scale, after the original studies, by Michael Angelo and Raffaelle in the University galleries, etched and published by Joseph Fisher. *Oxford*, 1852-1862, 2 vol in-8, contenant 153 pl. tirées en diverses couleurs, cart. en percal. non rog.

127. A. Lannau-Rolland. Michel-Ange poëte. Première traduction complète de ses poésies, précédée d'une étude sur Michel-Ange et Vittoria Colonna. *Paris, Didier*, 1860, in-12, cart., dos de toile, non rog.

128. Histoire de la vie et des ouvrages de Raphaël, par M. Quatremère de Quincy. 2e édition augmentée. *Paris, Ad. Le Clere*, 1833, gr. in-8, portrait, demi-rel. chagr. brun, tr. sup. dor. non rog.

129. Raphaël d'Urbin et son père Giovanni Santi, par J.-D. Passavant; édition française, refaite et considérablement augmentée par l'auteur, sur la traduction de M. Jules Lunteschutz, revue et anno-

tée par M. Paul Lacroix. *Paris, veuve J. Renouard,* 1860, 2 vol. gr. in-8, portrait et fac-simile, demi-rel. chag. violet.

130. LAYARD (A.-H.). Giovanni Sanzio and his fresco at Cagli. *S. l. n. d.,* 24 pages. — Domenico Ghirlandaio and his fresco of the Death of S. Francis. *S. l. n. d.* 46 pages. — The Frescoes by Bern. Pinturicchio in the collegiate church of S. Maria Maggiore, at Spello. (*London*), *printed for the Arundel Society,* 1858, 16 pages. — The Madonna and Saints painted in fresco by Ottavio Nelli, in the church of S. Maria nuova at Gubbio. (*London*), *printed for the Arundel Society,* 1857. — The Martyrdom of saint Sebastian, painted in fresco by Pietro Perugin... *Arundel Society,* 1856. — Hans Memmling, a notice of his life and works. H. James Weale. *Arundel Society,* 1865; — ensemble 6 plaq. in-4, demi-rel. chag. rouge, et la dernière br.

131. Documents inédits sur Raphaël... par le marquis Giuseppe Campori. (Extrait de la *Gazette des beaux-arts.*) *Paris, impr. Claye,* 1863, in-4 de 40 pages, cart. non rog.

132. Trenta disegni di Raffaello posseduti dalla I.-R. academia di Venezia, illustrati da Francesco Zanotto. *Venezia,* 1844, in-4, 30 planches, cart. — Notizie inedite di Raffaello da Urbino, tratte da documenti dell' archivo Palatino di Modena per cura di Giuseppe Campori. *Modena,* 1863, in-4 de 39 pages, cart.

133. A critical Account of the drawings by Michel Angelo and Raffaello in the University galleries Oxford, by J. C. Robinson. *Oxford, at the Clarendon press,* 1870, in-4, figures, cart. en toile, non rog.

134. Essai sur les fresques de Raphaël au Vatican, — chambres, — loges, — par A. Gruyer. *Paris,*

Gide, 1858-59, 2 vol in-8, portrait en photog.
cart. dos de toile, non rog.

135. Le Raphaël de M. Morris Moore : Apollon et
Marsyas. Documents, notes et étude par Léon
Batté. *Paris,* 1859, in-8, br. — 11. R. H. Prince
Albert and the Apollo and Marsyas by Raphaël,
to the public a statement with an appendix by
Morris Moore. Seconde édition, augmentée de la
traduction française de « A statement ». *Paris,*
1859, in-8, br.

136. Della Imitazione pittorica delle opere di Tiziano
e della Vita di Tiziano, scritta da Stefano Ticozzi,
libri III, di Andr. Maier. *Venezia,* 1818, gr. in-8,
cart. dos de toile, non rog.

137. Notices of the life and works of Titian. *London,*
John Rodwell, 1829, gr. in-8, pap. vél. portr.
cart. non rog.

138. The Life of Titian ; with anecdotes of the dis-
tinguished persons of his time, by James North-
cote. *London, H. Colburn and Rich. Bentley,* 1830,
2 vol. in-8, portrait, demi-rel. v. bl. non rog.

139. Memorie istoriche di Antonio Allegri detto Il
Correggio. (Data in luce dal P. Luigi Pungileoni.)
Parma, dalla stamperia ducale, 1817–1821, 3 vol.
gr. in-8, portrait, demi-rel. dos et coins de mar.
v. dos orné, tr. supér. dor. non rog. (*Capé*).

Bel exemplaire encollé, bien relié.

140. Del Cenacolo di Leonardo da Vinci libri quattro
di Giuseppe Bossi. *Milano, dalla stamp. reale,*
1810, gr. in-4, portrait et figures, demi-rel. dos
et coins de mar. r. tr. sup. dor. non rog.

141. Léonard de Vinci et son école, par A.-F. Rio.
Paris, Ambr. Bray, 1855, in-12, br.

142. Vita, elogio e memorie dell' egregio pittore Pietro Perugino e degli scolari di esso. *In Perugia,*

1804, gr. in-8, non rogné. (*Préparé pour la reliure.*)

143. Della Vita e delle opere di Pietro Vannucci da Castello della Pieve cognominato Il Perugino, commentario istorico del prof. Antonio Mezzanotte. *Perugia,* 1836, pet. in-4, portrait et fac-simile, demi-rel. v. f.

144. Elogio di Gaudenzio Ferrari, pittore e plasticatore. (Da A. Perpenti.) *Milano,* 1843, in-8 de 39 pages, cart. (*avec une lettre sign. Vinc. Pianazzi et deux autres notes manuscrites relatives à cette brochure*).

145. Ritratti di alcuni celebri pittori del secolo XVII, disegnati ed intagliati in rame dal caval. Ottavio Lioni, con le vite de' medesimi.... si è aggiunta la vita di Carlo Maratti, scritta da Gio. Pietro Bellori.... *In Roma, Ant. de' Rossi,* 1731, in-4, portraits, rel. en parch.

146. De Levens-beschryvingen der Nederlandsche Konst-Schilders en Konst-Schilderessen... door Jacob Campo Weyerman. *In's Gravenhage,* 1729-1769, 4 vol. petit in-4, frontisp. gr. portraits et vignettes, v. m.

Cette *Biographie des peintres hollandais* contient de nombreux et beaux portraits et figures gravées par Houbraken.

147. The early flemish Painters, notices of their lives and works, by J. A. Crowe and G. B. Cavalcaselle. *London, John Murray,* 1857, pet. in-8, figures, cart. en toile, non rog.

148. Le Livre des peintres des Pays-Bas et de l'Allemagne, par Karel von Mander (traduction française). *S. l. n. d.* 2 vol. in-4 obl. demi-rel. mar. vert.

Copie manuscrite moderne d'une bonne écriture. Le premier volume contient 426 feuillets, et le second 271 feuillets écrits d'un seul côté.

149. Recherches sur trois peintres flamands du xve et du xvie siècle, par André van Hasselt. *Anvers,*

1849, br. in-8. — Recherches sur les peintres gantois des xiv⁰ et xv⁰ siècles... par Edm. de Busscher. *Gand*, 1859, gr. in-8, br. — Camille Lemonnier. Nos Flamands. *Bruxelles*, 1869, in-8, br.

150. Catalogue raisonné de toutes les pièces qui forment l'œuvre de Rembrandt, composé par feu M. Gersaint, et mis au jour avec augmentations par les sieurs Helle et Glomy. *Paris, Hochereau*, 1751, in-12, demi-rel. mar. brun, tr. sup. dor. non rog.

151. Rembrandt Harmens van Rijn; ses précurseurs et ses années d'apprentissage, par C. Vosmaer. *La Haye*, 1863, grand in-8, br.

152. Rembrandt et l'individualisme dans l'art, par Ath. Coquerel fils. *Paris, J. Cherbuliez*, 1869, in-8, br.

153. Histoire de la vie de P.-P. Rubens, par J.-F.-M. Michel. *Bruxelles, de Bel,* 1771, in-8; portrait de Rubens d'après lui-même, gr. par Cardon, demi-rel. mar. noir. (*Notes mss. sur les marges.*)

154. Particularités et documents inédits sur Rubens, par M. Gachard. *Bruxelles*, 1842, br. in-8, (*papier rose*). — Recherches sur le lieu de naissance de Pierre-Paul Rubens, — et Nouvelles Recherches, — par B.-C. du Mortier. *Bruxelles*, 1861-62, 2 broch. in-8.

155. Paulus Potter, sa Vie et ses œuvres, par T. van Westhreene. *La Haye*, 1867, in-8, br. (*Envoi d'auteur.*)

156. Les Académies et les autres écoles de dessin de la Belgique en 1864, par Alvin. *Bruxelles, T.-J.-J. Arnold*, 1866, gr. in-8, pap. vergé. (*Tiré à petit nombre*).

157. Histoire abrégée des plus fameux peintres, sculpteurs et architectes espagnols... traduit de

l'espagnol de don Antonio Palamino Velasco. *Paris, Delaguette*, 1749, in-12, v. m.

158. Anecdotes of eminent painters in Spain, during the xvi and xviii centuries ; with cursory remarks upon the present state of arts in that kingdom, by Richard Cumberland. *London, printed for J. Walter*, 1782, 2 vol. in-18, cart. dos de toile.

159. Velazquez and his works, by William Stirling. *London, J. W. Parker,* 1855, in-12, portr. sur le carton en percal. titre non rog.

160. Vies des premiers peintres du roi, depuis M. Le Brun jusqu'à présent, par Lépicié. *Paris, Durand,* 1752, 2 tomes en 1 vol. in-12, v. m.

161. Recherches sur la vie et les ouvrages de quelques peintres provinciaux de l'ancienne France, par Ch. de Chennevières-Pointel. *Paris, Dumoulin,* 1847-54, 3 vol. in-8 avec 3 frontisp. gr. à l'eau forte, demi-rel. chag. brun.

162. Artistes orléanais, peintres, graveurs, sculpteurs, architectes. Liste des personnages nés pour la plupart dans l'Orléanais, suivie de documents inédits, par H. H*** (Herluison). *Orléans, Herluison,* 1863, pet. in-8 br. (*Tiré à quinze exemplaires seulement.*)

163. Jean Foucquet. Notice extraite du volume d'appendice des Evangiles, publiés par M. L. Curmer. In-4, br. — Notes et documents sur les peintres de l'école de Tours, aux xive et xve siècles, par M. C.-L. Grandmaison. *Paris, Impr. impér.,* 1868, br. in-8.

164. Recherches sur la vie et les ouvrages de Jacques Callot, par M. E. Meaume, *Nancy, Grimblot,* 1853, in-8, avec fac-simile et tableau généalogique, cart. non rog. (*On y a joint une lettre d'envoi signée de l'auteur.*)

165. Recherches sur la vie et les ouvrages de Jacques Callot. Suite au Peintre-graveur de M. Robert Dumesnil, par Edouard Meaume. *Paris, Ve Jules Renouard*, 1860, 2 vol. in-8, avec facsimile, généal. et planche, demi-rel. chagr. bleu, dos orné.

Exemplaire en papier de Hollande. Envoi d'auteur.

166. Discours sur Nicolas Poussin, par Raoul-Rochette. *Paris, F. Didot*, 1843, in-8, de 31 pages, avec fac-simile, cart. non rog.

167. Le Poussin, sa vie et son œuvre, suivi d'une notice sur la vie et les ouvrages de Philippe de Champagne et de Champagne le neveu, par H. Bouchitté. *Paris, Didier*, 1858, in-8, cart. dos de toile, non rog.

168. Collection de lettres de Nicolas Poussin. *Paris, impr. F. Didot*, 1824, in-8, cart. dos de toile, non rog.

169. Les Andelys et Nicolas Poussin, par E. Gandar. *Paris, Ve Renouard*, 1860, in-8, pap. vélin fort, figure, cart. non rog. (*Tiré à petit nombre.*)

170. Antoine Watteau, Conférence publique faite à Valenciennes, par Léon Dumont. *Valenciennes*, 1866, br. in-8, de 47 pages.

171. Prud'hon, sa vie, ses œuvres et sa correspondance, par Charles Clément. *Paris, Didier*, 1872, gr. in-8, portrait et fig. lithog. br.

172. Léopold Robert, sa vie, ses œuvres et sa correspondance, par F. Feuillet de Conches. *Paris, Amyot*, 1848, in-12, demi-rel. v. violet. (*Envoi d'auteur à M. Sauvageot.*)

173. Anecdotes of painting in England; with some account of the principal artists; and incidental notes on other arts. Also a catalogue of engravers who have been born or resided en England; collected by the late George Vertue; digested and

published from his original mss. by Horace Walpole; with additions by the Rev. James Dallaway... notes by Ralph N. Wornum. *London, Henry G. Bohn*, 1849, 3 vol. gr. in-8, nombr. portraits et figures, cart. en percal. non rog.

174. Hall, célèbre miniaturiste du xviiie siècle, sa vie, ses œuvres, sa correspondance. Observations sur la technique de la miniature en France et en Angleterre, par Fréd. Villot. *Paris*, 1867, très-gr. in-8 pap. vergé de Holl. br. couv. de parch.
Tiré à 130 exemplaires. N° 41.

175. Anecdotes, biography : William Hogarth, sir Joshua Reynolds, Thomas Grainsborough, Henry Fuseli, sir Thomas Lawrence, and J. M. W. Turner ; by John Timbs. *London, Rich. Bentley*, 1860, pet. in-8, avec portraits, cart. en percal. non rog.

176. The Life of Thomas Reynolds, by his son Thomas Reynolds. *London, Longman*, 1838, 2 vol. gr. in-8, portrait, cart. dos de toile, non rog.

177. Études sur l'Allemagne, renfermant une histoire de la peinture allemande, par Alfred Michiels. *Paris, W. Coquebert*, 1840, 2 vol. in-8, non rog.

178. Handbook of painting. The german, flemish, duth, spanish, and french Schools ; partly translated from the german of Kugler, by a lady ; edited, with notes, by sir Edmund Head. *London, John Murray*, 1854, 2 vol. pet. in-8, nombr. figures, cart. en percal. non rog.

179. Albrecht Dürer und sein Zeitalter, ein Versuch von Dr. Adam Weise. *Leipzig*, 1819, in-4, cart. non rog.

180. Das Leben und die Werke Albrecht Dürer's von Joseph Heller. *Leipzig, Brockhaus*, 1831, gros in-8, de 1090 pages, avec 2 planches et un fac-simile, figures dans le texte, br.

181. Vie du peintre Jean Holbein le jeune, traduit de l'allemand d'Auguste Lewald, par Fréd. Caumont. *Bâle, H. Fischer*, 1857, in-16 carré, portr. et fig. sur bois, cart. non rog.

182. Holbein und seine Zeit, von Dr. Alfred Wolfmann. *Leipzig, G. U. Seemann*, 1866, 2 vol. gr. in-8, fig. demi-rel. mar. r. tr. supér. dor. non rog. (*Bel exemplaire.*)

Musées ; salons de peintures ; catalogues de collections particulières de tableaux.

183. Notices et catalogues de divers musées publics d'Europe : Italie, Belgique, Allemagne, Angleterre, Russie, Espagne, Suisse.... 64 vol. in-8 et in-12, reliés, cart. et br.

184. Les Musées d'Europe, par Louis Viardot : Musées de France. *Paris.* — Musées d'Italie, d'Espagne, d'Allemagne, d'Angleterre, de Belgique, de Hollande et de Russie. *Paris,* 1852-1855, 5 vol. in-12, demi-rel. chagr. r. dos ornés, tête dor. non rog.

185. Description des tableaux du Palais-Royal, avec la vie des peintres à la tête de leurs ouvrages..... par Du Bois de Saint-Gelais. *Paris, d'Houry,* 1727, in-12, v. brun.

186. The Louvre, or biography of a Museum, by Bayle Saint John. *London, Chapman and Hall,* 1855, avec 2 plans cart. non rog.

187. ANNALES DU MUSÉE et de l'école des beaux-arts; recueil de gravures au trait d'après les principaux ouvrages... avec texte rédigé par le citoyen Landon. *Paris, imprim. de Didot jeune,* 1800-1809. 17 vol. — Paysages et tableaux de genre. *Paris,* 1805-1808, 4 vol. — Annales... seconde collection, partie ancienne. *Paris,* 1810-1821. 4 vol. — Galerie Giustiniani. *Paris,* 1812, 1 vol. —

Galerie Massias. *Paris*, 1815, 1 vol. — Salon de 1808, 2 vol.; — de 1810, 1 vol.; — de 1812, 2 vol.; — de 1814, 1 vol.; — de 1817, 1 vol.; — de 1819, 2 vol.; — de 1822, 2 vol.; — de 1824, 2 vol.; — de 1831, 1 vol. — Ensemble 41 vol. in-8, renfermant de nombreuses figures au trait, cart.

188. Manuel du Muséum français, avec une description analytique et raisonnée de chaque tableau indiqué au trait par une gravure à l'eauforte; tous classés par écoles....., par F. E. T. M. D. L. J. N. *Paris*, 1802-1806, 9 vol. petit. in-8, nombr. fig. au trait, cart. dos de toile, non rog.

189. Travaux de M. de Chennevières, préparatoires et explicatifs du rapport adressé par M. le directeur des musées nationaux à M. le ministre de l'intérieur, sur la nécessité de relier les musées des départements au musée central du Louvre. *S. l. n. d.*, 1848. — Et Adresse à l'Assemblée nationale, par le même; brochures in-8 de 45 et 4 pages. (*Rares*).

190. Notices et catalogues de divers musées de Paris. 23 vol. in-8 et in-12, cart. et br.

191. Observations sur le musée de Caen et sur son nouveau catalogue, par Ph. de Chennevières-Pointel, accompagnées de deux eaux-fortes par Fréd. Villot, *Argentan*, 1851, in-4 de 52 pages à 2 col. br. (*Envoi d'auteur.*)

192. Notices et cataloges de divers musées publics des provinces de France : Rouen, Caen, Nantes, Dijon, Nancy, Lille, Douai, Auxerre, Périgueux, Saumur, etc... 22 vol. et broch. in-8 et 12, cart. et br.

193. Les Trois Musées de Londres... étude statistique et raisonnée, par M. H. de Triqueti. *Paris*, 1861, petit in-4, demi-rel. chagr. r. (*Exemplaire en grand papier fort de Hollande, avec envoi d'auteur.*)

194. Treasures of art in Great Britain; being an
account of the chief collections of paintings, drawings, sculptures, illuminated mss., etc., by Dr.
Waagen. *London, John Murray*, 1854, 3 vol. gr.
in-8. — Supplement. Galleries and cabinets of art
in Great Britain..... by Dr Waagen. *London,
Murray*, 1857, 1 vol. — Ensemble 4 vol. gr.
in-8, cart. en percal. non rog.

195. Memoirs of painting, with a chronological history of the importation of pictures by the great
masters into England since the french Revolution,
by W. Buchanan. *London, R. Ackermann*, 1824,
2 vol. in-8, v. vert, fil. dent à froid, dos orné.
(*Exemplaire portant la signature de Duchesne
aîné.*)

196. Musées de la Hollande : Amsterdam et la
Haye, par W. Bürger (T. Thoré). *Paris*, 1858, in-
12, cart. dos de toile. con rogn. — Trésors d'art
en Angleterre, par le même. *Paris*, 1865, in-12,
br. — Galerie d'Arenberg à Bruxelles, ... par
le même. *Paris*, 1859, in-12, cart. non rog. —
Galerie Suermont, à Aix-la-Chapelle, par le même.
Bruxelles, 1860, in-8, br.

197. Les Principaux Tableaux du musée royal à la
Haye, gravés au trait, avec leur description. *La
Haye*, 1826, in-8, 100 planches, cart. de toile,
non rog.

198. Descrizione storico-critico-mitologica delle
celebri pitture esistenti nei reali palazzi Farnese,
Farnesina in Roma... (da Mich. Ang. Prunetti).
Roma, 1816, in-8 carré, cart. dos de toile.

199. Pinacoteca del Palazzo reale delle scienze e
delle arti di Milano, pubblicata da Mich. Bisi inci-
sore, col testo di Robustiano Gironi. *Milano, dalla
stamperia reale*, 1812-1843, 3 vol. in-fol. nombr.
planches, demi-rel. ch. r.

200. Notizia d'opere di disegno nella prima metà del secolo XVI, esistenti in Padova, Cremona, Milano, Pavia, Bergamo, Crema e Venezia, scritta da un anonimo, pubblicata da D. Jacopo Morelli. *Bassano*, 1800, gr. in-8, cart. dos de toile, non rog.

201. La Galerie électorale de Dusseldorf, ou catalogue raisonné et figuré de ses tableaux, dans lequel on donne une connaissance exacte de cette fameuse collection. *Basle, Chrétien de Mechel,* 1778, in-fol. obl. avec 3o planches contenant 365 figures gravées, cart. dos de toile.

202. Galerie Leuchtenberg... Von J. D. Passavant. *Frankfurt am Main,* 1851, gr. in-4, contenant 262 planches, gravées, cart. non rog.

---

203. COLLECTION de livrets des salons et expositions. depuis l'année 1737 à 1870, formant 86 vol. in-12, cartonnés et quelques-uns brochés.

Collection rare. Premiers tirages.

204. Collection de livrets des anciennes expositions depuis 1673 jusqu'en 1800. *Paris, Liepmannssohn et Dufour,* 1869–1872, 28 vol. ou plaq. in-12, br. (*Nos* 1 *à* 11 *et* 26 *à* 42.)

205. Livrets de salons et expositions. Doubles des années 1819, 1834, 1838, 1849, 1850, 1852, 1853, 1855, 1859, 1861, 1866, 67, 68. Ensemble 17 vol. in-12, br. et cart. (*Y compris de doubles exempl. des années* 1850, 52, 66 *et* 67.)

206. Salons de T. Thoré, 1844, 1845, 1846, 1847, 1848, avec une préface par W. Bürger. *Paris,* 1868, in-12, br.

---

207. Description sommaire des dessins du cabinet de feu M. Crozat, avec des réflexions, par P.-J.

Mariette. — Et Description des pierres gravées...
Paris, Mariette, 1741, en 1 vol. in-8, v. m. (*Prix
d'adjudication à la main pour les dessins.*)

A la suite se trouve le Catalogue des estampes, cart. géogr. de Mgr le maréchal duc d'Estrées. *Paris, J. Guérin,* 1741, in-8.

208. Description sommaire des dessins des grands
maîtres d'Italie, des Pays-Bas et de France du cabinet de feu M. Crozat, avec des réflexions par
P.-J. Mariette ; — et Description sommaire des
pierres gravées du même cabinet. *Paris, P.-J.
Mariette,* 1741, 2 part. en 1 vol. in-8, v. m.
(*Prix manuscrits de l'adjudication des dessins.*)

209. Catalogue raisonné des diverses curiosités de
feu M. Quentin Lorangerie, composé de tableaux,
de dessins, d'estampes, etc., par E.-F. Gersaint.
Paris, J. Barois, 1744, in-12 (avec table alphabétique des maîtres), front. gr. v. gran.

210. Catalogue raisonné des bijoux, porcelaines,
bronzes, laques, lustres de cristal de roche et de
porcelaine, pendules, tableaux, dessins, estampes,
coquilles, etc., de M. Angran, vicomte de Fons-
pertuis, par E.-F. Gersaint. *Paris, Prault,* 1747,
in-12, frontisp. gr. cart. dos de toile, non rogné.
(*Avec les prix d'adjudication à la main.*)

Catalogue rare, surtout en cet état et avec les prix.

211. Catalogue historique de peinture et sculpture
françoise de M. de la Live. *Paris, impr. de P.-
Al. le Prieur,* 1764, portrait et figure, cart.
(*Rare.*)

212. Catalogue raisonné des tableaux, dessins, estampes, bronzes, terres-cuites, laques, porcelaines, meubles, bijoux, etc., qui composent le
cabinet de feu M. Boucher, premier peintre du
roi. *Paris, Musier,* 1771, in-12, demi-rel. bas.
(*Avec prix d'adjudication à la main.*)

Catalogue rare.

213. Catalogue du magnifique cabinet de feu M. Jean
Lucas van der Dussen. Collection de tableaux et
d'estampes... *Amsterdam, chez Pierre Yver,* 1774,
3 part. en 1 gros vol. in-8, demi-rel. non rog.

Exemplaire interfolié de papier blanc sur lequel on a écrit à la main les
prix d'adjudication et les noms des acquéreurs.

214. Catalogue de tableaux et dessins, figures de
marbre, bronze, et de terres-cuites, estampes, etc.,
du cabinet de feu M. Randon de Boisset, par Pierre
Remy ; — et Catalogue des marbres, jaspes, aga-
tes, porcelaines, par C.-F. Julliot. *Paris,* 1777,
2 part. en 1 vol. in-12, cart. dos de toile, n. rog.

Catalogue curieux et rare. Exemplaire non rogné, avec les prix d'adjudication manuscrits, les totaux de chaque partie et le total général s'élevant à
1,148,658 francs.

215. Catalogue d'une collection de tableaux des
plus grands maîtres des trois écoles... plusieurs
beaux dessins, des estampes, belles terres-cuites
par Claudion, bronze, etc. (Vente du 3 thermidor
an III), par le citoyen J.-B.-P. Lebrun, peintre.
(*Paris*), *an III,* in-8, br. (*Prix d'adjudication à
la main.*)

Catalogue curieux.

216. Catalogue raisonné du cabinet d'estampes de
feu Winckler, banquier, membre du sénat à Leipzig, contenant une collection des pièces anciennes
et modernes de toutes les écoles, dans une suite
d'artistes, depuis l'origine de l'art de graver jusqu'à nos jours, par Michel Huber. *Leipzig,*
1802-1806, 5 tomes en 7 vol. pet. in-8, demi-rel.
(*Avec prix d'adjudication à la main.*)

Catalogue curieux et rare.

217. Catalogue raisonné du cabinet de feu M. Char-
les Léoffroy de Saint-Yves, par F.-L. Regnault.
Paris, 1805, in-8, cart. dos de toile, non rogné.
(*Avec prix d'adjudication à la main.*)

218. Catalogue raisonné d'objets d'art du cabinet de
feu M. Silvestre, par F.-L. Regnault-Delalande.

Paris, 1810, in-8, cart. de toile, non rog. (*Avec prix d'adjudication à la main.*)

219. Guide des amateurs de tableaux pour les écoles allemande, flamande et hollandaise, par M. Gault de Saint-Germain. *Paris, Ant.-Aug. Renouard,* 1818, 2 vol. in-12, v. f. dent. dos orné.

220. Catalogue de la collection de tableaux, dessins, estampes et livres rares (à figures), de M. le comte de Friès. *Vienne,* 1824-1826, 1 vol. et 10 plaq. in-8 dans un carton. (*Avec deux notes manuscrites.*) — Catalogue du reste de la collection d'estampes de M. le comte Maurice de Friès. *Vienne,* 1827-28, 3 vol. in-8, cart.

Les premiers de ces catalogues sont de la plus grande rareté, ainsi que l'indique une note manuscrite déjà ancienne qui se trouve sur le premier volume.

221. DESCRIPTION des objets d'art qui composent le cabinet de feu M. le baron V. Denon : monuments antiques, historiques, modernes, par L.-J.-J. Dubois. — Tableaux, dessins et miniatures, par A.-N. Pérignon. — Estampes et ouvrages à figures, par Duchesne aîné. *Paris, impr. Tillard,* 1826, 3 vol. in-8, les 2 premiers cart. non rog. et le 3ᵉ relié en chagr. vert, fil.

Collection curieuse.
Dans le 2ᵉ volume se trouvent les prix d'adjudication manuscrits des tableaux, dessins et estampes.

222. A Catalogue of the classic contents of Strawberry hill collected by Horace Walpole. (*London*), 1842, in-4, demi-rel. dos et coins veau violet, non rogné.

223. Catalogo di quadri appartenenti a Giuseppe Vallardi, dallo stesso descritti e illustrati. *Milano,* 1830, in-8, cart. non rog. — Disegni di Leonardo da Vinci, posseduti da Giuseppe Vallardi, dal medesimo descritti. *Milano,* 1855, pet. in-8 de 67 pages, avec 2 figures, cart. non rog.

224. Catalogue de douze tableaux peints par M. Diaz.
Paris, 1857, in-4, 12 eaux-fortes, cart. — Onze
tableaux peints par M. Diaz. *Paris,* 1858, gr.
in-8, 11 eaux-fortes, cart.

225. Notizia delle opere d'arte e d'antichità della
raccolta Correr di Venezia, scritta da Vincenzo
Lazari. *Venezia,* 1859, gr. in-8, demi-rel. chagr.
viol. (*Avec une lettre autogr. signée de l'auteur.*)

226. Catalogue of the celebrated collection of works
of art and vertu, known as the Vienna Museum,
the property of Mess. Lowenstein. (*London*),
1860, in-8, avec photographies et planches en
couleurs, cart. non rog.

227. Galerie de M. Pereire, par M. Bürger. *Paris,*
1864, in-4, pap. de Holl. 41 pages, figures dans
le texte et hors texte, br. (*Extrait tiré à part de
la Gazette des beaux-arts.*)

228. Catalogue de 30 tableaux peints par M. Jules
Noël. *Paris,* 1866, avec 30 petites eaux-fortes. —
Objets d'art de M. Nolivos. 1866, avec 5 photographies. (*Prix manuscrits.*)—de M. Jules Boilly.
Dessins anciens, terres cuites, etc. 1869, avec 10
eaux-fortes. (*Prix manuscrits.*)— De dessins anciens, composant le cabinet de M. A. Mouriau.
Bruxelles (Vente à Paris), 1858, avec 14 lithogra-
phies au trait ; ensemble 4 br. gr. in-8.

229. Catalogue de 43 tableaux de maîtres anciens,
provenant de la collection de M. le comte de
Koucheleff Besborodko (avec notice par M. Ernest
Feydeau). *Paris,* 1869, gr. in-8, br. (*Prix d'ad-
judication manuscrits.*)
Avec 15 eaux-fortes.

230. Descriptive Catalogue of the drawings by the
old masters, forming the collection of John Mal-
colm of Poltalloch, by J. C. Robinson. *London,
Wittingham and Wilkins,* 1869, gr. in-8, cart.
en toile, non rog.

231. Raccolta di cataloghi ed inventarii inediti di quadri, statue, disegni, bronzi, dorerie, smalti, medaglie, avorii, etc., dal secolo xv al secolo xix, per cura di Guiseppe Campori. *Modena*, 1870, in-8, br. (*Envoi d'auteur.*)

232. Collection des tableaux modernes de M. Edwards (avec une notice par P. de Saint-Victor). *Paris, impr. de J. Claye*, 1870, gr. in-8, avec 19 photographies, pap. vél. fort, br.

233. COLLECTIONS DE SAN DONATO. Catalogue de vingt-trois tableaux des écoles flamande et hollandaise. *Paris*, avril 1868, gr. in-8, pap. de Holl. avec 23 eaux-fortes. — Tableaux, marbres, dessins, aquarelles et miniatures. *Paris*, 1870, gr. in-8, avec eaux-fortes. — Objets d'art. 1870, gr. in-8, avec photographies. Ensemble 3 vol. br.

234. Collection de feu le baron Michel de Tretaigne. Catalogue de tableaux modernes. *Paris*, 1872, gr. in-8, avec 19 eaux-fortes, br.

235. Galerie de M. Pereire. Catalogue des tableaux anciens et modernes de diverses écoles. *Paris*, 1872, gr. in-8, avec 48 eaux-fortes, br. rog.

236. Collection de M. John W. Wilson, exposée dans la galerie du Cercle artistique et littéraire de Bruxelles. *Paris, impr. de J. Claye*, 1873, gr. in-4, pap. de Holl. nombr. planches à l'eau-forte, broch.

237. Catalogues des principales ventes publiques de collections de tableaux, estampes, d'objets d'art, depuis 1800, la plupart avec prix d'adjudication écrits à la main. 44 brochures et volumes in-4, in-8 et in-12, reliés, cartonnés et brochés.

238. Catalogues de ventes publiques modernes de tableaux, estampes, objets d'art, etc. Sans prix d'adjudication, 30 vol. et plaq. in-8 et in-4, rel. et cart.

GRAVURE.

Catalogues de collections particulières de gravures.

239. Dictionnaire des artistes dont nous avons des estampes, avec une notice détaillée de leurs ouvrages gravés. *Leipsig, Breitkoff*, 1778-1790, 4 vol. in-8, demi-rel. chagr. brun, non rog.

240. Manuel des curieux et des amateurs de l'art, contenant une notice abrégée des principaux graveurs et un catalogue raisonné de leurs meilleurs ouvrages depuis le commencement de la gravure, par M. Huber et C.-C.-H. Rost. *Zurich,* 1797-1808, 9 vol. pet. in-8, cart.

241. Le Peintre-graveur, par Adam Bartsch. *Leipzig, chez J.-A. Barth,* 1803-1854, 25 vol. in-8, nombr. planches gravées, demi-rel. dos et coins de chagr. vert, tr. sup. dor. non rog.

Bel exemplaire. L'ouvrage contient 21 volumes; les 4 derniers sont ici formés d'abord d'un *Supplément,* par Rudolph Weigel, *Leipzig,* 1843, in-12; ensuite de 3 volumes de papier blanc avec de nombreuses notes manuscrites, augmentations ou renvois au corps de l'ouvrage.

242. Le Peintre-graveur, par J.-D. Passavant, contenant l'histoire de la gravure, l'histoire du nielle et un catalogue supplémentaire aux estampes du xve et du xvie siècle du Peintre-graveur de Adam Bartsch. *Leipsic,* 1860-1864, 6 vol. gr. in-8, portrait, planches de monogrammes, demi-rel. mar. vert, tr. sup. dor. n. rog.

Bel exemplaire.

243. Le Peintre-graveur français, ou Catalogue raisonné des estampes gravées par les peintres et les dessinateurs de l'école française, par A.-P.-F. Robert-Dumesnil. *Paris,* 1835-1865. 10 vol. dont 9 demi-rel. chagr. viol. non rog. et 1 vol. br.

Le tome 9 est un catalogue des estampes de M. Galichon, écrit de sa main.

244. Le Peintre-graveur français continué, ou Catalogue raisonné des estampes gravées par les peintres et les dessinateurs de l'école française nés
dans le xviiie siècle, par Prosper de Baudicour.
Paris, Mme Bouchard-Huzard, 1859-61, 2 vol.
in-8, cart. dos de toile, non rog.

245. Description des estampes exposées dans la galerie de la Bibliothèque impériale, formant un
aperçu historique des productions de l'art de la
gravure, accompagnée de recherches sur l'origine,
l'accroissement de la collection, par J. Duchesne.
Paris, 1855, in-8, cart. dos de toile, n. rog.

246. Le Département des estampes de la Bibliothèque impériale, son origine et ses développements
successifs, par Georges Duplessis. *Paris, impr. de
J. Claye,* 1860, in-4 de 20 pages, figure fac-simile
à l'eau-forte, cart.

247. Memorie spettanti alla storia della calcografia
del conte Leop. Cicognara. *Prato,* 1831, in-8,
demi-rel. chagr. grenat, dos orné.

248. An Inquiry into the origin and early history
of engraving, upon copper and in wood, with an
account of engravers and their works, from the
invention of chalcography by Maso Finiguerra,
to the time of Marc Antonio Raimondi, by William
Young Ottley. *London, J. and Arth. Ach,* 1816,
2 vol. in-4, nombr. fig. fac-simile, demi-rel. dos
et coins de chagr. olive.

249. Histoire de la gravure, par Georges Duplessis.
Paris, Rapilly, 1861, in-8, cart. dos de toile, non
rogné.

250. Histoire de la gravure en France, par Georges
Duplessis. *Paris, Rapilly,* 1861, in-8, cart. dos
de toile, non rog.

251. Des Types et des manières des maîtres graveurs,
pour servir à l'histoire de la gravure en Italie, en
Allemagne, dans les Pays-Bas et en France, par

Jules Renouvier. xvie siècle. *Montpellier*, 1854, in-4, br.

252. Des Types et des manières des maîtres graveurs, pour servir à l'histoire de la gravure en Italie, en Allemagne, dans les Pays-Bas et en France, par Jules Renouvier. xv°, xvie et xviie siècle. *Montpellier*, *Boehm*, 1853, 2 part. en 1 vol. in-4, fac-simile, demi-rel. mar. bleu, tr. supér. dor. non rog.

- Avec deux lettres autographes signées de l'auteur.

253. Histoire de l'origine et des progrès de la gravure dans les Pays-Bas et en Allemagne, jusqu'à la fin du xve siècle, par Jules Renouvier. *Bruxelles*, *M. Hayez*, 1860, in-8, avec une pl. de monog; demi-rel. chag. r. dos orné.

254. Les Commencements de la gravure aux Pays-Bas. Rapport.... par M. Alvin (avec fac-simile). *Bruxelles*, 1857, in-8 de 41 pages, avec 6 planches color. cart. non rog.

255. Voyage d'un iconophile. Revue des principaux cabinets d'estampes, bibliothèques et musées d'Allemagne, de Hollande et d'Angleterre, par Duchesne aîné. *Paris*, 1834, in-8, demi-rel. mar. bl. tête dor. non rog. (*Gruel*).

256. A Collection of one hundred and twenty-nine fac-similes of scarce and curious prints by the early masters of the Italy, German, and Flemish schools...... with introductory remarks and a catalogue of the plates, by William Young Ottley. *London, Longman*, 1828, gr. in-4, pap. vél. fort, nombr. figures sur pap. de Chine, demi-rel. dos et coins de mar. vert, tête dor, non rog.

257. Materiali per servire alla storia dell' origine e de' progressi dell' incisio in rame e in legno e sposizione dell' interessante scoperta d'una stampa originale del celebre Maso Finiguerra.... da Pietro

Zani. *Parma*, 1802, in-8, figure, demi-rel. chag.
r. dos orné.

258. Essai sur les nielles, gravures des orfévres flo-
rentins du xve siècle, par Duchesne aîné. *Paris*,
Merlin, 1826, in-8, portrait et figures, cart. dos
de toile, non rog. (*Avec une note manuscrite relative à cet ouvrage.*)

259. Cenni sulle antiche stampe classiche da Maso
Finiguerra a Federico Baroccio, di Neu-Mayr. *Venezia*, 1832, in-8, cart. dos de toile, non rog.

260. Les Nielles de la Bibliothèque royale de Belgique. Notice... par M. L. Alvin. *Bruxelles*,
M. Hayez, 1857, in-8, avec 21 fac-simile photogr.,
cart. non rog.

261. De la Manière de graver à l'eau-forte et au
burin, et de la gravure en manière noire... par
Abr. Bosse. *Paris, Ch.-Ant. Jombert*, 1745, in-8,
frontisp. gr. et planches, v. m.

262. Discours historique sur la gravure en taille-
douce et sur la gravure en bois, par M. T.-B. Éméric-David. *Paris, impr. de H. Agasse*, 1808, in-8,
br.

263. Catalogue critique des meilleures gravures d'a-
près les maîtres les plus célèbres.... par Jean-Ru-
dolphe Füsslin, traduit de l'allemand. 1re partie :
Ecole de Rome et de Florence. *S. l.* 1805, in-8,
cart. non rog.

264. Notice sur les estampes gravées par Marc-An-
toine Raimondi, d'après les dessins de Jules Romain, et accompagnées de sonnets de l'Arétin,
par C.-G. de Murr, traduite et annotée par un bibliophile. *Bruxelles*, 1865, in-8, pap. de Holl.,
br. (*Tirée à 100 exemplaires.*)

265. Catalogue des estampes gravées par Claude
Gellée, dit *le Lorrain*, précédé d'une notice sur
cet artiste, par MM. Ed. Meaume et G. Duplessis.

Paris, veuve Bouchard-Huzard, 1870, gr. in-8,
pap. de Holl. br. (*Tiré à petit nombre. Envoi
d'auteur.*)

266. Catalogue raisonné de toutes les estampes qui
forment l'œuvre de Rembrandt, et des principales
pièces de ses élèves, composé par les sieurs Gersaint, Helle, Glomy et P. Yver. Nouvelle édition,
considérablement augmentée par M. le chev. de
Claussin. *Paris, F. Didot,* 1824-28. 2 vol. in-8,
demi-rel. chag. brun, tête dor. non rog.

Exemplaire interfolié de papier blanc, avec de nombreuses notes manuscrites très-intéressantes.

267. Catalogue raisonné de toutes les estampes qui
forment l'œuvre de Rembrandt et ceux de ses
imitateurs, composé par les sieurs Gersaint, Helle,
Glomy et P. Yver... Nouvelle édition, augmentée,
par Adam Bartsch. *Vienne, A. Blumauer,* 1797,
2 vol. in-8, portrait de Rembrandt, demi-rel. v. f.

268. Notice sur la vie et les travaux de Gérard Au-
dran, graveur ordinaire du Roi, par Georges Duplessis. *Lyon, impr. de L. Perrin,* 1858, in-8 de
39 pages; pap. vergé, teinté, cart. non rog. (*Tiré
à petit nombre. Envoi d'auteur.*)

269. Histoire de l'art pendant la Révolution, considéré principalement dans les estampes, ouvrage
posthume de Jules Renouvier, suivi d'une étude
du même sur J.-B. Greuze ; avec une notice biographique et une table par M. Anatole de Montaiglon. *Paris, veuve Jules Renouard,* 1863, in-8,
cart. dos de toile, non rog.

270. L'OEuvre de Ch. Jacque, catalogue de ses eaux-
fortes et pointes sèches, dressé par J.-J. Guiffrey ;
avec une eau-forte inédite. *Paris, M*^{lle} *Lemaire,*
1866, in-8, figure, br.

271. Raffet ; son œuvre lithographique et ses eaux-
fortes, suivi de la bibliographie complète des ouvrages illustrés de vignettes d'après ses dessins,

par H. Giacomelli. *Paris,* 1862, in-8, portrait et
eaux-fortes, demi-rel. chag. violet.

272. Raffet ; son œuvre lithographique et ses eaux-
fortes, suivi de la bibliographie complète des ouvrages illustrés de vignettes d'après ses dessins,
par H. Giacomelli ; orné d'eaux-fortes inédites par
Raffet. *Paris,* 1862, gr. in-8, avec un portrait par
Bracquemond, br.

273. Traité historique et pratique de la gravure en
bois, par J.-M. Papillon. *Paris, P. Guill. Simon,*
1766, 2 vol. in-8, avec figures, v. m.

274. Essai sur l'origine de la gravure en bois et en
taille-douce, et sur la connaissance des estampes
des xve et xvie siècles ; où il est parlé aussi de l'o-
rigine des cartes à jouer et des cartes géographiques, etc... (par Jansen). *Paris, F. Schœll.* 1808,
2 vol. in-8, avec 19 planches pliées, demi-rel.
chag. brun, non rog.

275. Catalogo dei più celebri intagliatori in legno ed
in rame e capiscuola di diverse età e nazioni. *Milano,* 1821, in-8, avec planches, cart. non rog.

276. A Treatise on wood engraving historical and
practical with upwards of three hundred illustrations engraved on wood by John Jackson ; the historical portion by W. A. Chatto. Second edition,
with a new chapter on the artists of the present
day, by Henry G. Bohn. *London, H. G. Bohn,*
1861, in-4, frontisp. gr. nombr. figures, cart. en
percal. non rog.

277. Des Gravures sur bois dans les livres de Simon
Vostre, libraire d'heures, par Jules Renouvier.
Paris, Aubry, 1862, in-8 de 22 pages, avec 3 fig.
sur bois en fac-simile, demi-rel. chagr. r. (*Tiré à
très-petit nombre et impr. par L. Perrin, de Lyon.*)

278. Manuale del raccoglitore e del negoziante di
stampe contenente le stampe antiche e moderne
più ricercate per qualche pregio..... aggiuntevi

alcune osservazioni sull'opera : le classiche stampe del' dott. G. Ferrario ;... ed una notizia intorno all' origine della litografia compilato da Franc. Santo Vallardi. *Milano*, 1843, gr. in-8, cart. non rog.

279. The print Collector, an introduction to the knowledge necessary for forming a collection of ancient prints...... (by Maberly). *London, Saunders and Otley*, 1844, figures et planches de monogrammes, cart. en percal. non rog.

280. Manuel de l'amateur d'estampes, contenant : un dictionnaire des graveurs de toutes les nations ; un répertoire des estampes ;... des monogrammes, etc., et précédé de considérations sur l'histoire de la gravure.. par M. Ch. Le Blanc. *Paris, P. Jannet*, 1854-56; 2 vol. gr. in-8, pap. vergé, demi-rel. chag. brun, tête dor. non rog.

281. Catalogue de livres d'estampes et de figures en taille-douce, avec un dénombrement des pièces qui y sont contenues, fait à Paris en l'année 1666, par M. de Marolles, abbé de Villeloin. *Paris, Fréd. Léonard*, 1666, in-12, v. brun. (*Rare.*)

282. Catalogus von alten und neuen zum Theil sehr raren und furtreflichen Kupferstichen.... etc... welche in 3 Februar. 1783. *Regensburg;* petit in-8, cart. (*Avec prix d'adjudication manuscrits sur des feuillets de papier blanc ajoutés.*)

Catalogue rare.

283. Catalogue raisonné d'un choix précieux de dessins et d'une nombreuse et riche collection d'estampes anciennes et modernes, livres à figures,... tableaux, etc., qui composaient le cabinet de feu Pierre-Franç. Basan, père, par L.-F. Regnault. *Paris, an VI*, in-8, v. f. fil. dos orné. (*Avec prix d'adjudication à la main.*)

Bel exemplaire, bien relié.

284. Catalogue d'une superbe collection d'estampes, dessins, médailles, coquilles, etc., délaissés par le citoyen Libert de Beaumont. *Lille, 8 vendémiaire, an VII*, in-8, demi-rel. (*Avec la plupart des prix d'adjudication manuscrits.*)

285. Catalogue de la rare et nombreuse collection d'estampes et de dessins qui composent le cabinet de feu M. Pierre Wouters... précédé d'une table alphabétique des maîtres, par N.-J.T'sas. *Bruxelles,* 1797, in-8, demi-rel. v. ant.

286. Catalogus der teckeningen, prenten, schilderyen, miniatuuren, emailles, beeldwerken,... basrelieven, etc... van wylen den heer Cornelis Ploos van Amstel. *Amsterdam,* 1800, 2 vol. in-8, demirel.

Exemplaire interfolié de papier blanc sur lequel se trouvent écrits à la main les prix d'adjudication avec les noms des acquéreurs.

287. Catalogue raisonné d'une précieuse collection d'estampes du cabinet de feu Charles de Valois; par Fr.-L. Regnault. *Paris,* 1801, in-8. Catalogue d'une nombreuse collection d'estampes et de dessins de grands maîtres, après le décès de madame Alibert; par Fr. Regnault. *Paris,* 1803; en 1 vol. in-8, bas.

288. Catalogue, par ordre alphabétique, des planches gravées .. d'après les plus beaux tableaux et dessins.... qui composent le fonds de H.-L. Basan. *Paris,* 1802, in-4, interfolié de papier blanc, cart. (*Catalogue à prix marqués.*)

289. Catalogue raisonné des estampes du cabinet de feu M. le duc d'Ursel... rédigé par P.-M. Bénard. *Paris,* 1806, in-8, demi-rel.

290. Saggio di sceltissime stampe (da Ant. Neu Mayr). *Padova,* 1808, in-8, de 75 pages, cart. non rog.

291. Recueil de gravures au trait, à l'eau-forte et ombrées, d'après un choix de tableaux de toutes les écoles, recueillies dans un voyage fait en Es-

pagne, au midi de la France et en Italie, en 1807
et 1808... par M. Lebrun. *Paris, impr. de Didot
jeune,* 1809, gr. in-8, 178 planches, demi-rel. v. f.
dos orné, non rog.

292. Cabinet de M. Paignon-Dijonval. État détaillé
et raisonné des dessins et estampes dont il est
composé... rédigé par M. Bénard, par les soins et
aux frais de Morel de Vindé. *Paris, impr. de madame Huzard,* 1810, in-4, demi-rel. dos de vélin.

293. Catalogue raisonné des estampes du cabinet de
M. le comte Rigal, par F.-L. Regnault-Delalande.
Paris, 1817, in-8, demi-rel. v. f. dos orné. (*Avec
prix d'adjudication à la main.*)

294. A Catalogue of the very valuable collection of
british portraits, — and collection of prints, drawings, etc., of the late James Bindley... by Mr.
Sotheby. (*London*), 1819 ; 3 part., avec portrait.
— A Catalogue of the highly valuable collection
of prints, the property late sir Mark Masterman
Sykes..... by Mr. Sotheby. (*London*), 1824, 4 part.
avec portrait ; — le tout en 1 vol. in-4, demi-rel.
v. ant.

Catalogues intéressants, avec prix manuscrits. On a joint au premier un
billet autographe de M. Bindley.

295. Catalogo di una raccolta di stampe antiche,
compilato dallo stesso possessore March. Mala-
spina di Sannazaro. *Milano,* 1824, 5 vol. in-8,
avec 19 planches de monogrammes, demi-rel.
chag. brun, tête dor. non rog.

296. Catalogue raisonné des estampes du cabinet de
feu M. le baron d'Arétin,... par François Brulliot.
Munich, 1827, 2 vol. in-8, cart. (*Avec prix d'adjudication manuscrits.*)

297. A Catalogue raisonné of the select collection of
engravings of an amateur. *London,* 1828, in-4,
avec portrait et vignettes sur pap. de Chine, cart.
non rog.

298. Catalogue raisonné des estampes du cabinet de Mme la comtesse d'Einsiedel de Reibersdorf, etc., par J.-G.-A. Frenzel. *Dresde*, 1833, 2 gros vol. in-8, pap. vél. fort, demi-rel. dos de vél.

299. A Catalogue of a valuable and extensive collection of ancient and modern prints, the property of a nobleman of high rank (the duke Buckingham). Will be sold by auction by Mr. Phillips. (*London*), 1834, 3 part. formant un vol. de 299 pages, demi-rel. (*Avec prix manuscrits.*)

Catalogue rare.

300. Le Premier Siècle de la calcographie, ou Catalogue raisonné des estampes du cabinet de feu M. le comte Léopold Cicognara ; avec un appendice sur les nielles du même cabinet. Ecole d'Italie, par Alexandre Zanetti. — Nielles, par le même. — Ecoles allemande, flamande et française, par C. A. *Venise*, 1837-38, 3 part. en 1 vol. in-8, cart. dos de toile, non rog. (*Avec prix des nielles.*)

301. Collection des catalogues d'estampes et de dessins ayant appartenu à M. Robert-Dumesnil. *Paris*, 1838 à 1856, 9 part. en 1 vol. in-8, demi-rel. chag. bleu, doré orné.

302. Catalogue de la riche collection d'estampes du premier siècle de l'art en Italie et en Allemagne, des jeux de cartes à tarots et du précieux cabinet de nielles, de feu M. le comte Léopold Cicognara ; rédigé par Alexandre Zanetti. *Vienne*, 1839, in-8, pap. fort, cart. non rog. (*Avec prix d'adjudication à la main.*)

Catalogue rare.

303. Catalogue raisonné de la rare et précieuse collection d'estampes, réunie par les soins de M. F. Debois, rédigée par P. Defer. *Paris*, 1843, in-8, demi-rel. chag. vert, dos orné, non rog. (*Avec prix d'adjudication manuscrits.*)

304. Catalogue de la riche collection d'estampes et
de dessins composant le cabinet de feu M. F. Van
den Zande; rédigé par F. Guichardot. *Paris*,
1855, gr. in-8, demi-rel. charg. vert. (*Avec prix
d'adjudication à la main.*)

305. Catalogue de la collection d'estampes curieuses
provenant du cabinet de M. H. de L. (de La Salle).
Paris, 1856, in-8, demi-rel. chag. bleu, dos orné.
(*Avec prix d'adjudication manuscrits, et une lettre
de M. de La Salle.*)

306. The Collection of engravings formed between
the years 1860–68, by Alfred Morrison; annoted
catalogue and index to portraits, by M. Holloway.
(*London*), 1868, in-4, pap. de Holl. br.

307. Souvenir de l'exposition de M. Dutuit, au
palais de l'Industrie. (Extrait de sa collection.)
Paris, 1869, in-4, avec 34 planches grav. et en
chromolithog. br.

ARCHITECTURE. — SCULPTURE.

308. M. Vitruvii Pollionis de Architectura libri
decem... Accesserunt Gulielmi Philandri Cas-
tilionii... annotationes. Adjecta est epitome in
omnes Georgii Agricolae de mensuris et ponde-
ribus libros. *Lugduni, apud Joan. Tornæsium*,
1552, in-4. mar. v. fil. tr. dor. (*Rel. anc.*)

309. Architecture ou art de bien bastir de Marc
Vitruve Pollion... Mis de latin en françoys, par
Jan Martin. *Paris, Jacques Gazeau*, 1547, in-fol.
portraits, figures sur bois, demi-rel. v. f. dos
orné. *Exemplaire grand de marges. Quelques
mouillures.*)

310. Vies des fameux architectes depuis la renaissance des arts, avec la description de leurs
ouvrages, par M. D***. (Dezallier d'Argenville).
Paris, de Bure, 1787, 2 vol. in-8, v. m.

311. L'Architecture et art de bien bastir du seigneur Léon-Baptiste-Albert... Trad. de latin en françois par deffunct Jan-Martin (publ. par Denis Sauvage). *Paris, Jacques Kerver*, 1553, in-fol. portrait et figures sur bois, vél.

312. Notice historique sur la vie artistique et les ouvrages de quelques architectes français du xviᵉ siècle... par Callet père. *Paris*, 1843, gr. in-8, avec figures, cart. non rog.

313. Notes sur quelques artistes français, architectes, dessinateurs, graveurs du xviᵉ au xviiiᵒ siècle... par H. Destailleur. *Paris, Rapilly, impr. à Lyon par Louis Perrin,* 1863, gr. in-8, pap. vergé teinté, cart. non rog.

314. Les Grands Architectes français de la renaissance, P. Lescot, Ph. de l'Orme, J. Goujon, etc.., par Adolphe Berty. *Paris, Aubry*, 1860, petit in-8, cart. dos de toile, non rog. (*Tiré à 284 exemplaires.*)

315. Le même ouvrage. *Paris, Aug. Aubry*, 1860, pet. in-8, demi-rel. mar. r.

316. L'Architecture de Philibert de l'Orme... *Paris, Fédéric Morel*, 1568, in-fol. nombr. figures sur bois, rel. en vél. vert anc.

317. Nouvelles Inventions pour bien bastir à petits fraiz, trouvees n'aguères par Philibert de l'Orme, Lyonnois, architecte. *Paris, Hierosme de Marnef*, 1576, in-fol. figures sur bois, vél. anc.

318. Biographies d'architectes : Sébastien Serlio, 1475-1554. — Les de Royers de la Valfenière ; par Léon Charvet. *Lyon, Clairon-Mondet*, 1869-70, 2 vol, in-8, pap. fort, portr. et planches, br.

319. Extraordinario libro di architettura di Sebastiano Serlio. *In Lione, Giov. di Tournes*, 1551, in-fol. 50 planches, cart. (*Mouillures.*)

320. Intorno la Vita e le opere di Antonio Rizzo, architetto e scultore veronese, del secolo xv, cenni

del dott. Cesare Bernasconi. *Verona*, 1859, gr.
in-8, cart.

321. Sulla Architettura e sulla scultura in Venezia
dal medio evo sino ai nostri giorni; studi di
P. Selvatico. *Venezia, Paolo Ripamonti Carpono,*
1847, gr. in-8, avec figures, cart. dos de toile,
non rog.

322. Le Moniteur des architectes, revue bi-
mensuelle de l'art architectural et des travaux du
bâtiment. *Paris, A. Lévy,* 1869-1872, 4 années
en livraisons. Avec de nombreuses planches
gravées. (*Manque la livraison du 15 juillet 1870.*)

323. Annales de la Société académique d'architecture de Lyon. Exercices 1867-68, 69-70. *Lyon,*
impr. Louis Perrin, 1869-71, 2 vol. gr. in-8,
avec planches, br.

324. Ornementation usuelle de toutes les époques
dans les arts industriels et en architecture, par
Rodolphe Pfnor. *Paris,* 1866-67, gr. in-4, nombr.
planches, dont plusieurs en chromolithogr. or et
couleurs, demi-rel. chag. brun. dos orné.

325. Un Mobilier historique des xvii° et xviii° siècles,
par P. L. Jacob, bibliophile. *Paris, typ. de*
Ch. Meyrueis, 1865, gr. in-8 de 24 pages et
11 planches, cart. non rog. (*Tiré à petit nombre.*)

326. Recherches sur l'art statuaire, considéré chez
les anciens et chez les modernes... (par Éméric
David). *Paris, veuve Nyon,* 1805, in-8, cart. dos
de toile, non rog.

327. Les Della Robbia, sculpteurs en terre émaillée.
Etude sur leurs travaux, suivie d'un catalogue
de leur œuvre fait en Italie en 1853, par
H. Barbet de Jouy. *Paris, J. Renouard,* in-12,
pap, de Holl. demi-rel. chag. brun. (*Exemplaire*
avec envoi d'auteur à M. Ch. Sauvageot.) —
Notice biographique sur Girolamo Della Robbia,
auteur présumé des poteries dites Henri II, et

sur sa famille, par H. Delange. *Paris,* 1847, in-8 de 15 pages, cart.

328. Una Figura in terra cotta di Michel Angelo, posseduta e illustrata dal dott. Alessandro Foresi. *Firenze,* 1869, gr. in-8, de 15 pages, avec 2 photogr. br.

329. Mémoires de Benvenuto Cellini, écrits par lui-même et traduits par Léopold Leclanché. *Paris, J. Labitte, s. d.,* in-12, demi-rel. v. f.

330. Étude sur les fontes du Primatice, par Henry Barbet de Jouy. *Paris, veuve J. Renouard,* 1860, in-8, de 47 pages, pap. de Hollande, cart. non rog.

331. Un Bronze de Michel-Ange, par M. Frédéric Reiset. *Paris,* 1853, in-12, de 60 pages, cart. non rog.

332. Étude sur Jean Cousin, suivie de notices sur Jean Leclere et Pierre Woeiriot, par Ambr. Firmin-Didot. *Paris, F. Didot,* 1872, gr. in-8, portraits grav. et photogr. br.

333. La Vie et les œuvres de J.-B. Pigalle, sculpteur, par Pr. Tarbé. *Paris, veuve Renouard, et Reims, P. Régnier,* 1859, gr. in-8, pap. vergé, cart. dos de toile, non rog. (*Tiré à petit nombre.*)

334. OEuvres complètes de P.-J. David d'Angers... lithographiées par Eugène Marc, son élève. *Paris, Haro,* 1856, 6 part. in-fol. contenant 152 planches, cart. dos de toile.

335. Lettres inédites de Diderot au statuaire Falconet. *Impr. de Toinon, à Saint-Germain, s. d.,* in-8, de 103 pages, br. (*Extrait d'un ouvrage moderne.*)

336. Notices of sculpture in ivory, consisting of a lecture on the history, methods, and chief productions of the art... by M. Digby Wyatt... and a catalogue of specimens of ancient ivory-carvings

in various collections... by Edm. Oldfield. *London*, 1856, in-4, demi-rel. chagr. r. dos orné.

CÉRAMIQUE.

337. Les Troys Libvres de l'art du potier, esquels se traicte non-seulement de la practique, mais briefvement de tous les secretz de ceste chouse... du cavalier Cyprian Piccolpassi; translatés de l'italien en langue françoyse par maistre Claudius Popelyn. *Paris*, 1860, in-fol. avec 38 planches contenant 105 fig. et marque, cart. dos de vél. non rog.

338. A History of pottery and porcelain, mediæval and modern, by Joseph Marryat, second edition, augmented. *London, John Murray*, 1857, in-8, avec nombr. figures gravées dans le texte et planches coloriées, cart. en percal. non rog.

339. A Guide to the Knowledge of pottery, porcelain, and other objects of vertu, comprising an illustrated catalogue of works of art... by Henry. G. Bohn, *London, H. G. Bohn*, 1857, in-12, figures et monogrammes, cart. en percal. v. non rog.

340. MONOGRAPHIE de l'œuvre de Bernard Palissy, suivie d'un choix des ouvrages de ses continuateurs ou imitateurs, dessinée et lithographiée par MM. Carle Delange et C. Borneman, avec texte par MM. Sauzay et Henry Delange. *Paris*, 1865, gr. in-fol. 11 livraisons contenant 88 belles planches en chromolithogr. dans un carton. *(Avec le titre, la dédicace, l'avant-propos, et 4 pages de la vie de Bernard Palissy seulement.)*

341. OEuvres de Bernard Palissy... avec des notes, par MM. Faujas de Saint-Fond et Gobet. *Paris, Ruault*, 1777, in-4, v. m. fil. dos orné. *(Aux*

*armes de France sur les plats, et au chiffre de
Louis XVI sur le dos de la reliure.)*

Exemplaire de M. Ch. Sauvageot, avec 6 pages de notes manuscrites de
sa main.

342. Les Terres émaillées de Bernard Palissy, in-
venteur des rustiques figulines. Étude sur les
travaux du maître et de ses continuateurs, suivie
du catalogue de leur œuvre, par A. Tainturier.
Paris, V. Didron, 1863, gr. in-8, demi-rel, mar.
brun.

343. Bernard Palissy, par M. Daublet de Bois-
thibault. Extrait de la Revue archéologique. *Paris,
A. Leleux,* 1857, plaq. gr. in-8, de 21 p. demi-
rel. mar. r. non rog. — Bernard Palissy, 1500-
1589 (par E.-J. Delécluze). Extrait de la Revue
française. *Paris,* 1838, plag. gr. in-8, de 32 pages,
cart.

344. Bernard Palissy, étude sur sa vie et ses travaux,
par Louis Audiat. *Paris, Didier,* 1868, in-12, br.

345. L'Art de terre chez les Poitevins, suivi d'une
étude sur l'ancienneté de la fabrication du verre
en Poitou, par Benjamin Fillon. *Niort, L. Clouzot,*
1864, gr. in-4, pap. de Holl. avec planches, br.
(*Tiré à petit nombre.*)

346. Recherches historiques sur les faïences de
Sinceny, Rouy et Ognes, par le docteur A. War-
mont. *Chauny, et Paris,* 1864, in-8, pap. vergé
fort, avec planches en couleurs, br.

347. Recherches sur les anciennes manufactures de
porcelaine et de faïence (*Alsace et Lorraine*), par
A. Tainturier. Avec 50 monogrammes et gravures.
Strasbourg, 1868, in-8, br.

348. Essai sur l'art de restaurer les faïences, porcelaines, terres cuites, biscuits, grès, verreries,
émaux, etc., par P. Thiaucourt, avec un avant-
propos par J.-C. Davillier. *Paris, Aubry,* 1865,
pet. in-8, br.

LIVRES A FIGURES.

349. Figure del Vecchio Testamento, con versi
toscani, per Damian Maraffi nuovamente com-
posti, illustrate. *In Lione, per Giovanni di
Tournes*, 1554, pet. in-8, 249 figures sur bois.
— Figure del Nuovo Testamento, illustrate da
versi vulgari italiani. *In Lione, per Gio. di
Tornes*, 1577, pet. in-8, 95 fig. sur bois; en
1 vol. rel. en parch. Volume orné de jolies figures
sur bois, qui peuvent être attribuées à Salomon
Bernard, dit le Petit Bernard. Les épreuves de la
première partie sont très-belles.

350. Hexastichon Sebastiani Brant in memorabiles
evangelistarum figuras. (In fine :) 1502, pet.
in-4, de 17 ffets, contenant 15 figures sur bois,
cart. en vél.

Petit livre rare et curieux, contenant de singulières figures sur bois.

351. Historia Passionis et Resurrectionis Domini
nostri Jesu Christi..... in elegias distincta....
authore Andr. Languero. *Monachi, imprim. Ada-
mus Berg*, 1678, petit in-4 de 21 ff. avec 26 fig.
grav. sur bois, dont 23 figures d'armoiries, non
rel.

352. L'Oraison dominicale, illustrations (eaux-
fortes), par Lorenz Frölich. *Paris, s. d.*, in-4,
11 planches grav. cart. en percal.

Édition rare. Exemplaire grand de marges et bien conservé. Quelques
légers raccommodages.

353. Dialogo de la seraphica virgine sancta Cathe-
rina de Siena de la divina providentia. (Al fine :)
*Impressa in Venitia per Mathio de codeca da
Parma ad instantia de maestro Lucantonio de
Zōta fiorentino de lanno M. cccc. lxxx.xiiii*
(1494), petit in-4, à 2 col. lettres rondes, 3 gr.

fig. sur bois, nombr. initiales ornées, rel. en parch.

354. Atlante Mariano, ossia origine delle immagini miracolose della B. V. Maria venerate in tutte le parti del mondo, redatto dal Padre Guglielmo Gumppenberg, pubblicato per cura dell' editore Giambattista Maggia, redatto in italiano ed aggiuntevi le ultime immagini prodigiose fino al secolo XIX, da Agostino Zamella. *Verona, tipogr. Sanvido,* 1839-1842, 5 gros vol. petit in 8, portrait et nombr. fig. br.

355. JACOBI GUALLE jureconsulti Papie Sanctuarium. (In fine :) *Impressum Papie p. magistrum Jacob de Burgofrancho, anno* 1805, pet. in-4 portr. et nombr. fig. sur bois, vélin blanc.

Bel exemplaire d'un livre rare. Quelques taches légères.

356. EMBLEMATA et aliquot nummi antiqui operis Joan. Sambuci. *Antuerpiæ, ex offic. Christ. Plantini,* 1569, nombr. fig. sur bois. — Hadriani Junii medici Emblemata ; ejusdem Ænigmatum libellus. *Antuerpiæ, ex offic. Christ. Plantini,* 1569, nombr. fig. sur bois, en 1 vol. petit in-16. rel. en v. brun anc.

Exemplaires bien conservés de ces recueils d'emblèmes devenus rares.

357. Explication des hiéroglyphes du philosophe Solidonius. *S. l. n. d.,* in-4, mar. r. fils dos et coins ornés, tr. dor. (*Rel. anc.*)

Manuscrit du commencement du XVIIIe siècle, bien écrit, contenant 23 pages, plus 19 feuilles de dessins d'emblèmes, coloriés, représentés par des personnages bizarres. Les dessins sont assez mal exécutés.

358. CHOREA AB EXIMIO MACABRO versibus alemanicis edita, et a Petro Desrey trecacio quodam oratore nuper emendata. *Parisiusque per Magistrum Guidonem mercatorem pro Godeffrido de Marnef,* ... anno 1490, in-4, de 16 ff. à 2 col. carat. goth. figures sur bois, demi-reliure, maron rouge.

Édition très-rare, ornée de curieuses figures sur bois. Bel exemplaire.

359. Essai historique, philosophique et pittoresque
sur les danses des morts, par E.-H. Langlois; suivi
d'une lettre de C. Leber et d'une note de M. Dep-
ping sur le même sujet. Ouvrage complété et publié par MM. And. Pottier et Alf. Baudry. *Rouen,
Lebrument*, 1852, 2 vol. gr. in-8, avec planches,
br.

Ouvrage curieux et recherché.

360. L'Alphabet de la mort de Hans Holbein, en-
touré de bordures du xvi⁰ siècle et suivi d'anciens
poëmes français sur le sujet des trois morts et des
trois vis, publiés par Anatole de Montaiglon. *Paris, Éd. Tross*, 1856, pet. in-8, cart. en percal.
non rog.

361. Pullata Nigri Contio in D. Herculis inferias.
D. M. *S. l. n. d.* (vers 1500), pet. in-4, de 12 ff.
portr. sur le titre, figure sur bois à la fin, cart.

Plaquette rare. Le 1ᵉʳ, le 2ᵉ feuillet et la figure de la fin sont entourés de
jolis encadrements gravés sur bois.

362. Oratio in funere illustriss... principis et domine
Salome ducis Munsterbergi... huic accessere næ-
niæ tam latinæ quam italicæ insignium poetarum.
Venetiis, apud Vinc. Valgrisium, 1568, in-4, fig.
grav, sur bois, et initiales ornées, non rel.

363. Researches into the history of playing cards,
with illustrations of the origin of printing and
engraving on wood, by de Samuel Weller Singer.
London, 1816, in-4, pap. vél. figures fac-simile, v.
f. fil.

364. Alphabet de lettres initiales ornées (publica-
tion moderne). *S. l. n. d.*, in-8 carré, demi-rel.
v. f. dos orné.

365. Recueils de petits sujets et culs-de-lampe utiles
aux artistes (la plupart d'après Eisen). *Paris,
chez J.-F. Chéreau, s. d.* (xviii⁰ siècle), in-8, non
rel.

Ce recueil contient 136 sujets en bonnes épreuves, sur 46 feuillets. Un coin
du titre est déchiré.

BELLES-LETTRES.

366. Remarques sur la réforme de l'ortografie française, adressées à M. Ed. Raoux, par Ambroise
Firmin-Didot, *Paris, F. Didot,* 1872, gr. in-8 de
68 pages, br. (*Envoi d'auteur.*)

367. LE GRAND OLYMPE des histoires poëtiques du
prince de poësie Ovide Naso en sa métamorphose...
traduyct de latin en françoys et imprimé nouvel-
lement. *On les vend à Lyon, en la boutique de
Romain Morin,* 1532, 3 vol. pet. in-8, lettes rond.,
nombr. fig. sur bois, parch.

Première édition, rare, contenant de curieuses figures sur bois et initiales
ornées.
Exemplaire grand de marges, mais incomplet des 21 derniers feuillets du
3ᵉ volume.

368. De la Poésie chrétienne, par A.-F. Rio; Forme
de l'art, peinture. *Paris,* 1837, in-8, br.

369. L'Arcadie de messire Jacques Sannazar, gentil-
homme napolitain, excellent poëte entre les modernes, mise d'italien en françoys par Jehan Martin. *Impr. à Paris, par Mich. de Vascosan,* 1544,
pet. in-8, vel.

Éditon rare.

370. Moxon's miniature Poets. A Selection from
the works of Frederic-Locker, with illustrations
by Richard Doyle. *London, Ed. Moxon,* 1865,
pet. in-8 carré, portrait et figures, cart. en percal.
à compart. dor. non rog.

371. Der Zee-vaert lof Handelende.., door E. Her-
ckmans. *Tot Amsterdam, Jacob Pieters Wachter,*
1634, in-fol. beau frontisp. gr. et figures vél.

372. Hypnérotomachie, ou discours du songe de
Poliphile, déduisant comme Amour le combat à

l'occasion de Polia .... trad. de langage italien (de
Franciscus Columna), en françois, (par Jean Martin). *Paris, Jacques Kerver*, 1651, in-fol. nombr.
et belles fig. sur bois, v. brun.

Exemplaire grand de marges. La planche du sacrifice à Priape, page 69, est
intacte. Les épreuves sont belles.
Quelques mouillures. Deux coins de la marge du titre sont enlevés.

373. Hypnérotomachie..... même édition. In-fol.
figures sur bois, v. f. fil. (*Aux armes du comte de
Toulouse.*)

La planche de la page 69 est intacte. Mais deux déchirements enlèvent des
coins d'ornements du titre. Mouillures.

374. L'Éloge de la Folie, composé en forme de décla-
mation, par Erasme, et traduit, par M. Gueude-
ville, avec les notes de Gérard Listre et les figures de Holbein. *Amsterdam, Fr. l'Honoré*, 1728,
pet. in-8. frontisp. gr. et fig. v. brun, fil. (*Exemplaire portant la signature de Charles Blanc.*)

375. L'Historial du Jongleur. Chroniques et légendes
françaises, publiées par MM. Ferd. Langlé et
Emile Morice, ornées d'initiales, vignettes et fleurons .... *Paris, F. Didot*, 1829, in-8, goth.
figures et lettres initiales coloriées, cart. non
rog.

HISTOIRE.

376. Journal du voyage de Michel de Montaigne en
Italie, par la Suisse et l'Allemagne, en 1580 et 1581,
avec des notes de M. de Querlon. *Rome et Paris,
Le Jay*, 1774, 2 vol. in-12, v. m. (*Exemplaire
Sauvageot.*)

377. Voyage en Italie, contenant l'histoire et les
anecdotes les plus singulières de l'Italie et sa des-

cription...... avec des jugements sur les ouvrages
de peinture, sculpture et architecture, par M. de
La Lande. *Genève*, 1790, 7 vol. in-8, v. m.

378. Le Président de Brosses en Italie. Lettres fami-
lières écrites d'Italie en 1739 et 1740, par Charles
de Brosses, précédées d'un essai sur la vie de l'auteur, par M. R. Colomb. *Paris, Didier*, 1858,
2 vol. 12, cart. dos de toile, non rog.

379. Voyage d'Espagne fait en l'année 1755, avec
des notes historiques, géographiques et critiques,
.... traduit de l'italien, par le P. de Livoy. *Paris,
J.-B. Costard*, 1772, in-12, demi-rel. v. f. non
rog.

380. Voyage en Grèce et dans le Levant, fait en 1843-
1844, par A.-M. Chenavard, E. Rey, architecte
peintre, et J.-M. Dalgabio; relation par A.-M. Chenavard. *Lyon, impr. de Léon Boitel*, 1849, in-12,
avec une carte et de jolies vues gravées d'après les
dessins de Chenavard et Rey, cart. dos de toile,
non rog. (*Longue note mss. en tête du volume.*)

381. L'Égypte d'Alexandrie à la seconde cataracte,
par Raoul Lacour. Ouvrage orné de gravures
d'après l'album de l'auteur, avec cartes d'Egypte
et de Nubie. *Paris, Hachette*, 1871, in-8, br.

382. Religions de l'antiquité, considérées principalement dans leurs formes symboliques et mytholo-
giques ; ouvrage traduit de l'allemand du Dr. Fréd.
Creuzer, refondu en partie, complété et développé
par J.-D. Guigniaut. *Paris, Treuttel et Würtz*,
1825-42, 4 tomes en 9 vol. in-8, avec planches,
demi-rel. chagr. violet, tr. supér. dor. non rog.

Ouvrage recherché et peu commun. Il manque à cet exemplaire la troisième partie du tome 3.

383. L'Origine des dieux du paganisme, et le sens
des fables découvert, par une explication suivie
des poésies d'Hésiode, par M. Bergier. *Paris, Hum-
blot*, 1774, 2 vol. in-12, v. m.

384. Dictionnaire de la fable ou mythologie.... par
Fr. Noël. *Paris, Lenormant,* 1823, 2 vol. in-8,
cart. dos de toile, non rog.

385. Lezioni di mitologia ad uso degli artisti dette
da Giovan Battista Nicolini nella reale academia
delle belle arti in Firenze, 1807-1808. *Firenze,
Barbera,* 1855, 2 vol. in-12, cart. dos de toile,
non rog.

386. Traité des anciennes cérémonies, ou histoire
contenant leur naissance et accroissement, leur
entrée en l'Église... (par Jonas Porrée). *Se vend à
Charenton par Olivier de Varennes, s. d.,* pet. in-8,
parch. (*Le bas du titre où se trouvait la date a été
coupé.*)

387. Dictionnaire critique de biographie et d'histoire,
errata et supplément pour tous les dictionnaires
historiques, par A. Jal. *Paris, Plon,* 1867, gr.
in-8, à 2 col. demi-rel. chag. violet.

388. Études sur le Péloponnèse, par E. Beulé. *Paris,
F. Didot,* 1855, grand in-8, demi-rel. chag. violet.
dos orné.

On a joint à cet exemplaire une lettre autographe signée de l'auteur.

389. C'EST L'ORDRE qui a esté tenu à la nouvelle
et joyeuse entrée que .... Henry deuxiesme de ce
nom a faicte en sa bonne ville et cité de Paris. ...
le seizième jour de juin 1549. — Sensuit l'ordre
de l'entrée de la Royne. *On les vend à Paris, par
Jehan Dallier, s. d.* (1549), in-4 de 37 pages plus
11 belles planches gr. sur bois, v, br.

A la suite se trouve la pièce suivante :
C'est l'ordre et forme qui a esté tenue au sacre et couronnement de... Madame Catharine de Medicis, royne de France, faict en l'église Monseigneur sainct Denys en France, le V jour de juin 1549. On les vend à Paris chez Jacques Roffet, s. d. (1549), in-4 de 11 feuillets. (*Petit trou au dernier feuillet*).
Pièces rares. Dans la première, la planche qui représente un obélisque porté sur le dos d'un rhinocéros a été coupée à l'endroit où elle est ordinairement pliée en deux, et le haut de la colonne manque.

390. Lettres inédites de Diane de Poytiers, publiées
d'après les manuscrits .... avec une introduction,

et des notes, par Georges Guiffrey. *Paris, Vve J. Renouard, impr. à Lyon, par L. Perrin*, 1866, gr. in-8, portraits, papier vergé teinté, br. (*Tiré à petit nombre.*)

391. Médailles du règne de Louis XIV (grav. et publ. par Godonnesche). *S. n. l. d.*, in-fol. frontisp. gr., par Cars, épître dédicatoire au roi, et 54 planches, v. brun.

392. Histoire générale de Paris : Paris et ses historiens aux xive et xve siècles, documents et écrits originaux, recueillis et commentés par Le Roux de Lincy et L.-M. Tisserand. *Paris, Impr. impér.*, 1867, grand in-4, pap. vel. fort, figures et fac-simile, cart. non rog.

393. Histoire et recherches des antiquités de la ville de Paris, par M. Henry Sauval. *Paris, Ch. Moette*, 1733, 3 vol. in-fol. v. f. dos orné.

Sur le dos de la reliure se trouvent les armes de Louis XV.

394. Histoire générale de Paris : les Anciennes Bibliothèques de Paris, églises, monastères, colléges, etc., par Alfred Francklin. *Paris, Impr. impér.*, 1867-73, 3 vol. grand in-4, pap. velin, fort., plans, figures et fac-simile, cart. non rog.

395. La Première Bibliothèque de la ville de Paris (1760-1797), avec les preuves extraites des archives nationales et des papiers de la ville, par L.-M. Tisserand. *Paris, Impr. nationale*, 1873. gr. in-4, pap. vel. avec portraits et plans, cart. non rog.

396. Études historiques sur les clercs de la Bazoche, suivies de pièces justificatives, par Adolphe Fabre. *Paris, Potier*, 1856, petit in-8, pap. vel. fort, frontisp. en fac-simile gr. sur bois, br.

397. Le Livre d'or des métiers : Histoire de l'orfévrerie-joaillerie et des anciennes communautés et confréries d'orfévres joaillers de la France et de la Belgique, par MM. Paul Lacroix et Ferdinand

Seré. *Paris*, 1850, gr. in-8, frontisp. et fig. cart.
dos de toile, non rog.

398. Mémoires pour servir à l'histoire des maisons
royales et bastimens de France, par André Feli-
bien, sieur des Avaux, publiés pour la première
fois .... (par A. de Montaiglon). *Paris, J. Baur,*
1874, in-8, fig. br.

399. Procès criminel de Jehan de Poytiers, seigneur
de Saint-Vallier, publié .... avec notes, par Georges Guiffrey. *Paris, Lemerre*, 1867, gr. in-8,
pap. de Holl. frontisp. gr. br.

400. Description historique des chasteau, bourg et
forest de Fontainebleau, contenant une explication
historique des peintures, tableaux, reliefs, statues,
etc., de la vie des architectes, peintres et sculpteurs qui y ont travaillé ... par M. l'abbé Guil-
bert. *Paris, And. Cailleau*, 1731, in-12, avec
plans et figures, v. br.

401. Jeanne d'Arc à Rouen. Du Monument que lui
doit notre ville (par M. O'Reilly). *Rouen, impr.
de E. Cagniard*, 1866, gr. in-8, br.

Tiré à petit nombre. Envoi d'auteur à M. Charles Blanc.

402. Le Journal de la comtesse de Sanzay; intérieur
d'un château normand au xvie siècle, par M. le
comte de La Ferrière-Percy. *Paris, Aubry*, 1859,
pet. in-8 carré, br.

Exemplaire en grand papier; l'un des *six* tirés sur papier chamois.

403. Inventaire des meubles, bijoux et livres estant
à Chenonceaux, le 8 janvier 1603, précédé d'une
histoire sommaire de la vie de Louise de Lorraine,
reine de France, suivi d'une notice sur le château
de Chenonceaux, par le prince Auguste Galitzin.
Paris, J. Techener, 1856, gr. in-8, pap. vergé,
portrait, cart. non rog.

404. Notice sur Chilly-Mazarin, le château, l'église,
le village, le marquis d'Effiat, par M. Patrice Sa-

lin. Notice accompagnée d'appendices, de notes,
de fac-simile de Moncornet, Chastillon, Perelle ;
reproduction de dalles funéraires, et six eaux-fortes par Karl Fichot. *Paris, Adr. Le Clere,* 1867,
in-4, portr. et figures, br. (*Tiré à petit nombre ;
Envoi d'auteur.*)

405. Recueil des chevauchées de l'asne faites à Lyon
en 1566 et 1578, augmenté d'une complainte inédite
du temps sur les maris battus par leurs femmes.
Lyon, N. Scheuring, impr. par L. Perrin, 1862,
in-8, pap. vergé teinté, figure sur bois en fac-
simile, br.

Tiré à 200 exemplaires.

406. L'Église de Saint-Sulpice de Favières, par
M. Patrice Salin. Notice accompagnée de huit
planches à l'eau-forte et de six reproductions des
inscriptions et des pierres tombales. *Paris, Adr.
Le Clère,* 1865, in-4, figures et fac-simile broch.
(*Tiré à petit nombre ; Envoi d'auteur.*)

407. Histoire de l'abbaye de N.-D. de Coulombs
(Eure-et-Loir), rédigée d'après les titres originaux par Lucien Merlet. *Chartres, Petrot-Garnier,*
1864, in-8, pap. vergé, avec planches, br. (*Tiré
à petit nombre.*)

408. La Halle échevinale de la ville de Lille, 1235-
1664. Notice historique, comptes et documents
inédits concernant l'ancienne maison commune',
par Jules Houdoy. *Lille et Paris,* 1870, in-4,
avec planches, br.

Tiré à 220 exemplaires. Celui-ci est sur papier de Hollande.

409. Mémoires de Félix Platter, médecin bâlois (trad.
et publ. par Edouard Fick). *Genève, impr. de
J.-G. Fick,* 1866, in-8, portrait fac-simile, lettres
ornées, br. (*Tiré à petit nombre.*)

410. Dichiaratione di tutte le istorie che si conten-
gono ne i quadri posti novamente nelle salle dello
Scrutinio e del Gran Consiglio del Pallagio Du-

cale... di Vinegia... nella quale si ha piena intelli-
genza delle più segnalate vittorie... da i' Vinitiani...
fatta di Girolamo Bardi. *In Venetia, Felice Val-
grisio,* 1587, pet. in-8, cart.

411. Modena, descritta da Francesco Sossaj. *(Modena), della tipog. Camerale,* 1841, in-12, avec
plan, demi-rel. dos et coins de mar. tr. sup. dor.
non rog. — Nouveau Guide de Padoue et de ses
environs, par Alexandre de Marchi, trad. de l'italien par Jean Ponzoni. *Padoue,* 1856, in-12, cart.
dos de toile, non rog. — Revue des musées d'Italie. Catalogue raisonné, par A. Lavice. *Paris,
J. Tardieu,* 1862, in-12, br.

ARCHÉOLOGIE. — NUMISMATIQUE.

412. Recueil de pièces intéressantes concernant les
antiquités, les beaux-arts, les belles-lettres et la
philosophie, traduites de différentes langues (par
Jansen et Kruthoffer). *Paris, H.-J. Jansen,* 1796,
6 vol. in-8, cart. dos en toile, non rog.

413. Curiosités de l'archéologie et des beaux-arts.
Paris, Paulin et Lechevalier, 1855, in-16, cart.
non rog.

414. Lettere inedite di Lodovico Antonio Muratori,
scritte a Toscani dal 1695 al 1749, raccolte e an-
notate per cura di Francesco Bonaini, etc. *Firenze,
F. Le Monnier,* 1854, in-12, demi-rel. chagr. bl.
dos orné.

415. Peintures antiques inédites, précédées de recherches sur l'emploi de la peinture dans la déco-
ration des édifices sacrés et publics chez les Grecs
et les Romains, par M. Raoul-Rochette. *Paris,
Impr. royale,* 1836, in-4, avec 15 planch. fac-
simile color. demi-rel. chagr. bleu.

416. L'Acropole d'Athènes, par M. Beulé. *Paris,
F. Didot,* 1862, gr. in-8, avec planches, br.

417. Herculanum et Pompéi. Recueil général des peintures, bronzes, mosaïques, etc., découverts jusqu'à ce jour et reproduits, augmentés de sujets inédits, gravés au trait sur cuivre par Henri Roux aîné, texte explicatif par M. L. Barré. *Paris, F. Didot,* 1840, 8 vol. gr. in-8, nombr. figures, cart. n. rog.

418. Handbook to the antiquities in the British Museum, by W. S. W. Vaux. *London, J. Murray,* 1851, pet. in-8, nombr. fig. cart. en percal. non rog. — Companion to the most celebrated private galleries of art in London, by Mrs. Jameson. *London,* 1844, pet. in-8, cart. en percal. non rog.

419. Itinéraire archéologique de Paris, par M. F. de Guilhermy, dessins de M. Ch. Fichot. *Paris, Bance,* 1855, in-12, plan et figures, demi-rel. chagr. r. tête dor. non rog.

420. Monuments antiques de la ville d'Orange (par L. Vitet). *Paris, impr. de J. Claye, s. d.,* plaq. in-4, de 27 pages, demi-rel. chagr. r. dos orné.

421. Dictionnaire des abréviations latines et françaises usitées dans les inscriptions lapidaires et métalliques, les manuscrits et les chartes du moyen âge, par L.-Alph. Chassant. *Paris, Aubry,* 1862, petit in-8, cart. en percal. non rog.

422. Paléographie des chartes et des manuscrits du xie au xviie siècle, par Alph. Chassant. 5e édition, augmentée. *Paris, Aubry,* 1862, petit in-8, avec 10 planches in-4 pliées, cart. non rog.

423. Statuts de l'ordre du Saint-Esprit au Droit Désir ou du Nœud, institué à Naples en 1352, par Louis d'Anjou Ier, roi de Jérusalem et de Sicile. Manuscrit du 14e siècle, publié avec une notice sur la peinture des miniatures et la description du manuscrit, par M. le comte Horace de Viel-Castel. *Paris, Engelmann et Graf,* 1853, in-fol.

17 belles planches en chromolithograph. or et couleurs, mar. brun, compart. à froid, tr. r. (*Gruel.*)

424. Mémoires de la Société des Antiquaires de l'Ouest, année 1842. *Poitiers et Paris, Derache,* 1843, in-8, carte et planches, demi-rel. v. f.

Volume intéressant, contenant une partie relative aux anciens émaux de Limoges, et autres émaux du septième et du quatorzième siècle. Exemplaire de M. SAUVAGEOT.

425. Monographie de la fontaine de Nîmes. Histoire et description des jardins et monuments qu'elle renferme, par L. Boncoiran. *Nîmes,* 1859, in-8 de 100 pages, avec planches, br.

426. Calice et patène de l'église Saint-Jean-du-Doigt (Finistère), par Alfred Darcel. *Paris, V. Didron,* 1860, in-4, avec 2 planches, grav. demi-rel. chag.

427. Trésor de l'église de Conques, dessiné et décrit par Alfred Darcel. *Paris, V. Didron,* 1861, in-4, fig. dans le texte et 11 planches grav. hors texte, demi-rel. chagr. r.

428. Le Tabernacle de la Vierge, par Orcagna, dans l'église d'Or-San-Michele à Florence, décrit par Alfred de Surigny. (Extrait des Annales archéologiques.) *Paris, Didron,* 1869, in-4, de 63 pages, avec 4 planches et fig. dans le texte, br.

429. Dissertation sur le Rössel d'or d'Altœtting, par Jules Labarte. *Paris, Didron,* 1869, in-4, de 11 pages, fig. br.

430. Le Trésor de la cathédrale de Troyes, par M. Le Brun-Dalbanne. *Paris,* 1864, in-8, de 43 pages, avec planchés gravées, br.

431. Iconographie chrétienne : Histoire de Dieu, par M. Didron. *Paris, Impr. royale,* 1843, in-4, fig. dans le texte, demi-rel. mar. brun, tr. sup. dor. non rog.

432. Manuel d'iconographie chrétienne grecque et latine, avec une introduction et des notes, par

M. Didron... .... traduit du manuscrit byzantin,
le Guide de la peinture, par le Dr. Paul Durand.
Paris, Impr. royale, 1845, grand in-8, demi-rel.
chagr. rouge, tr. sup. dor. non rog.

433. Collection de plombs historiés trouvés dans la
Seine et recueillis par Arthur Forgeais. Première
série : Méreaux des corporations de métiers. *Paris,* 1862, gr. in-8, pap. fort, fig. br.

434. Description des monnaies françaises, royales
et féodales, décrites par J. Charvet, et faisant
partie de ses collections. *Paris,* 1862, in-4 de
98 pages, figures dans le texte et planches hors
texte, br. (*Exemplaire tiré sur papier bleu.*)

435. La Collection des empreintes de sceaux des
archives de l'empire et son inventaire (par M. L.
de Laborde). *Paris, Impr. impér.,* 1863, gr. in-4
de 48 pages, cart.

436. J. Charvet. Origines du pouvoir temporel des
papes, précisées par la numismatique. *Paris, E.
Dentu,* 1865, gr. in-8, avec fig. br.

SCIENCES.

437. Higinus. Poeticon astronomicon. De mundo et
sphera.... (In fine :) .... *emendatum : maximaque
diligentia Papiæ impressum : arte et industria
Jacob Paucidrapensis de Burgofranco; sumptibus
heredum... Octaviani Scoti,* 1513, fig. sur bois curieuses. Censorini de die natali ..... Nervæ Traja-
nique et Adriani cæsaris Vitæ ex Dione in latinum
versæ a Georgio Merula. Item Vesævi montis con-
flagratio .... Cebetis Thebani tabula... etc. ....
(*Mediolani,* 1553); 1 vol. petit in-4, vél. orné.

438. CARPI Commentaria cum amplissimis additioni-
bus super anatomia mundi.... (In fine :) *Impressum Bononiæ per Hieron. de Benedictis* .... 1521.

— Isagogæ breves, placide ac uberrime in anato-
miam humani corporis .... a Carpo in lucem date.
Impressum Bononie, per Benedictum Hectoris,
1523 ; — en 1 vol. pet. in-4 de 528 et 80 feuil.,
figures sur bois dans chaque ouvrage, rel. en par.
(*Exemplaire grand de marges, dans sa première
reliure.*)

439. Le Monde enchanté, ou examen des communs
sentimens touchant les esprits, leur nature, leur
pouvoir, leur administration et leurs opérations...
par Balthasar Bekker. *Amsterdam,* 1694, 4 vol.
in-12, portrait, brochés.

Exemplaire NON ROGNÉ; rare en cette condition. Mais il manque le premier feuillet de l'épître du tome II°.

440. Les Discours fantastiques de Justin Tonnelier,
composez en italien, par J.-B. Gelli, et nouvelle-
ment traduits en françois, par C. D. K. P. (Claude
de Kerquifinen, Parisien). *Lyon, à la Salamandre,
chez Charles Pesnot,* 1566, in-8, mar. brun, fil.
à froid, tr. dor. (*Thompson.*)

Première édition, rare, de cette traduction. Exemplaire grand de marges.

441. Recueil de dissertations anciennes et nouvelles
sur les apparitions, les visions et les songes, avec
une préface historique, par l'abbé Lenglet du
Fresnoy. *Avignon, Jean-Noël Leloup,* 1751-52,
6 vol. in-12, v. m.

BIBLIOGRAPHIE.

442. Le Livre d'or des métiers. Histoire de l'imprimerie et des arts qui se rattachent à la typographie.... par Paul Lacroix, Edouard Fournier et
Ferd. Seré. *Paris,* 1852, gr. in-8, armoiries en
or et couleurs au frontispice, figures et fac-simile,
cart. dos de toile, non rog.

443. Annales de l'imprimerie des Alde, ou Histoire
des trois Manuce et de leurs éditions, par Ant.-

Aug. Renouard. *Paris, J. Renouard*, 1834, in-8,
avec portraits et fac-simile, mar. violet, fil. ancre
aldine sur les plats, tr. dor. (*Bauzonnet-Trautz.*)
Très-bel exemplaire.

444. Annales de l'imprimerie des Estienne, ou Histoire de la famille des Estienne et de ses éditions,
par Ant.-Aug. Renouard. *Paris, J. Renouard*, 1843,
in-8, cart. dos de toile, non rog.

445. La Librairie de Jean, duc de Berry, au château
de Mehun-sur-Yèvre, 1416, publiée en entier pour
la première fois... par Hiver de Beauvoir. *Paris,
Aubry*, 1860, in-8, cart. dos de toile, non rog.

446. Missel de Jacques Juvénal des Ursins, cédé à la
Ville de Paris, le 3 mai 1861, par Ambroise Firmin-Didot. *Paris, F. Didot*, 1861, plaq. gr. in-8,
cart. non rog. (*Envoi autogr. sign. de l'auteur.*)

447. Catalogue (en allemand et en français) de pre-
mières productions de l'art d'imprimer, en pos-
session de M. T.-O. Weigel à Leipzig. *Leipzig*,
1872, in-8, avec 12 planches fac-simile d'anciennes gravures, br. (*Avec une table imprimée
des prix d'adjudication.*)

448. Idée générale d'une collection complète d'estampes, avec une dissertation sur l'origine de la
gravure et sur les premiers livres d'images (par
Heineken). *Leipsic et Vienne, J.-P. Kraus*, 1771,
in-8, avec planches, v. éc. fil.

449. Études sur le seizième siècle. Estienne Dolet; sa
vie, ses œuvres, son martyre, par Joseph Boul-
mier. *Paris, Aubry*, 1857, petit in-8, portrait, br.

450. De la Bibliomanie (par Bollioud-Mermet). *A la
Haye*, 1761. *Réimpression publiée par M. P. Ch.
et imprimée par Jouaust*, en 1865; in-12, pap.
vergé, br.

451. Catalogo ragionato dei libri d'arte e d'antichità
posseduti dal conte Cicognara. *Pisa, presso Nic-*

colò Capurro, 1821, 2 tomes en 1 gros vol. in-8,
cart. dos de toile.

452. Marques typographiques, ou Recueil des monogrammes, chiffres, enseignes, emblèmes, devi-
ses, rébus et fleurons des libraires et imprimeurs
qui ont exercé en France, depuis l'introduction
de l'imprimerie jusqu'à la fin du xvi° siècle (recueillies par L.-C. Silvestre). *Paris, Jannet et impr.
de Renou et Maulde*, 1853-1867, *et Labitte*, 1868,
2 vol. in-8, br. (*avec tables*).

453. Essai sur l'art de restaurer les estampes et les
livres, ou Traité sur les meilleurs procédés pour
les blanchir, détacher, etc., par A. Bonnardot.
Seconde édition augmentée. *Paris, Castel*, 1858,
petit in-8, br.

SUPPLÉMENT.

---

454. Miracoli di Nostra Donna dal P. don Silvano
Razzi, monaco di Camaldoli. *In Firenze, Giunti*,
1626, in-4, chagr. n. (*Taches d'humidité.*)

455. Remarques historiques données à l'occasion de
la Sainte Hostie miraculeuse conservée pendant
plus de 400 ans dans l'église paroissiale de S.-Jean
en Grève à Páris... par le P. Théodoric de S.-René.
Paris, Ant. Des Hayes, 1725, 2 tomes en 1 vol.
in-12, demi-rel. (*Avec témoins.*)

456. Die Antiquitäten Kunstgegenstande, Curiositä-
ten und OElgemäldenachgelassen durch weiland
Freihernn Carl Rolas du Rosey.... *Leipzig, Rudolph Weigel*, 1863, 2 vol. in-8, br.

457. L'Ane qui prend la peau du lion, fourberie flo-
rentine. Histoire véridique. (Pamphlet relatif à
une polémique à propos du nom de Jérôme Benivieni, par J. Charvet.) *Paris*, 1868, in-8 de 32 p.,
portrait de J. Benivieni, br.

458. Di Giovanni di Verona e delle sue opere, cenni
di Giacomo Franco. *Verona,* 1860, gr. in-4 de
31 pages, avec planches gravées et portr. photog.
broché.

459. Della Vita e dei lavori di Francesco Mazzola,
detto Il Parmigianino, memoria di Anton Enrico
Mortara. *Casalmaggiore*, 1846, in-8, portrait, demi-
rel. chagr. r.

460. Life of Thomas Gainsborough, by the late
George Williams Fulcher. *London, Longman,* 1856,
in-12, figures cart. en percal. non rog.

461. The Stones of Venice... by John Ruskin. *New-
York, John Wiley,* 1860-64, 3 vol. in-8, figures
dans le texte, cart. en percal. non rog.

FIN.